오늘도 리추얼:
음악, 나에게 선물하는 시간
정혜윤

오늘도, 음악 리추얼 · 음악, 나에게 선물하는 시간

정혜윤

위즈덤하우스

리추얼:
내가 나에게 선물하는 시간

생각하는 대로 살지 않으면 사는 대로 생각하게 된다.

– 폴 부르제

처음에는 알지 못했다. 내가 나를 알아가는 데도 시간이 필요하다는 걸. 나는 나니까 당연하게 나를 잘 알고 있는 줄 알았다. 살아지는 대로 사는 동안은 큰 생각이 없었다. 그때의 난 오토파일럿 기능처럼, 나를 자동으로 작동하게 할 때가 많았다.

그러다가 어떤 깨달음을 만난 순간들이 있었다. 그것은 자다가 찬물을 뒤집어썼을 때와 같은 강한 충격이기도 했고, 한편으로는 너무 단순해서 허무한 것이기도 했다. 행복은 선택이다. 현재를 살아라. 쉽게 들리던 문장들이 절실하게 몸으로 와닿은 것은 삶의 예기치 못한 변화 앞에 휩쓸

리며 내 나름의 방황기와 시행착오를 겪은 뒤였다.

　인생의 비밀은 언제나 내 안에 있던 나를 만나고, 내가 살고 싶은 대로 살게 해주는 것에 있었다. 나에게 영감을 주는 여러 책과 영화는 형태만 다를 뿐 전부 비슷한 메시지를 담고 있었다. 제각각의 방식으로 '나'를 만나는 삶의 여정을 경험한 이들은 제각각의 목소리로 그 모험기를 기록해 나누고 있었다. 수많은 이야기들 틈에서 공통점과 연결 고리를 발견할 때면 나만의 작은 희열을 느꼈다.

　과거라는 영원과 미래라는 영원이 교차하는 현재라는 시점에 우리는 존재하고 있다. 그게 얼마나 기적 같은 일인지. 얼마나 여러 겹의 우연이 겹쳐야만 일어날 수 있는 일인지. 과거의 과거로 거슬러 올라가다 보면, '오늘을 살아간다는 것' 자체에 우주적인 경이로움을 느꼈다.

　그 사실을 깨닫고 나는 변화했다. 내가 내 인생의 작가가 되어, 나를 어떤 인생의 엑스트라나 찬조 출연자가 아니라 감독이자 주인공으로 만들었다. 스스로에게 꿈꾸는 시간을 선물할 권한을 주었다.

　오토파일럿 모드를 해제하고 세상의 아름다움에 촉수를 곤두세웠다. 내 안에서 힘없이 흔들리던 작은 불꽃을 키웠다. 나에 대한 믿음을 점점 더 강한 확신으로 만들었다. 내 속에 살아 있는 그 목소리에 힘을 부여하자 같은 것을 봐도 더 많은 것이 보였다. 내가 원하는 내 모습을 주체적으로 만들어나가면서, 가진 것은 변함없어도 삶은 더 풍요로워졌다.

돌이켜보면, 내가 나를 만난 그 모든 시간에 조용히 내 곁을 감싸고 있는 것이 있었다. 배낭 하나 메고 혼자 여행을 떠났을 때도. 관중 속에서 춤추고 놀며 눈물 찔끔할 만큼의 희열을 느꼈을 때도. 슬프고 외로웠을 때도. 평화롭고 행복했을 때도. 내가 기억하는 가장 어린 시절부터 지금까지, 다양한 모습으로 언제나 나와 함께했던 건 바로 음악이었다.

걸어온 길을 다시 돌아보는 과정에서 서서히 깨달았다. 그냥 너무 좋아서 내 일상에 자연스럽게 녹아 있던 음악이 나 자신을 알아가는 데 핵심적인 역할을 했다는 것을. 음악이 곧 나를 위한 의식이자 내 마음을 점검하는 리추얼이었다는 것을.

리추얼은 그냥 흘러갈 수 있는 어떤 것을 붙잡아 의미를 부여하고 축하하는 일이다. 『리추얼』 책을 쓴 메이슨 커리는 리추얼이 "세상의 방해로부터 나를 지키는 혼자만의 의식"이라고 얘기한다. 내게 리추얼이란, 반복적으로 나 자신에게 선물하는 시간을 의미한다. 의식하고 도입할 수도 있지만, 좋아해서 이미 자연스럽게 하고 있는 무언가가 될 수도 있다. 이를테면, 마음을 차분하게 하기 위해 따뜻한 차 한잔의 여유를 즐기는 것. 일주일에 한 번 나를 위한 꽃을 사 오는 것. 나를 위한 플레이리스트를 만들어두고, 상황에 맞는 음악을 듣는 것. 음악을 들으며 글을 쓰는 것.

정신없이 빠르게 변화하는 세상에서 리추얼은 나만의 중심을 잡을 수 있도록 도와주는 유용한 도구가 된다. 리추얼은 나를 더 단단하게 만드는 장치이자 삶의 작은 에너지원이다. 어떤 리추얼을 가지고 있는가에 따라 내 일상의 모양이 만들어진다. 나를 위한 리추얼을 만드는 것은 내 삶에 이벤트를 불러오는 일이자, 사소한 즐거움을 늘려가는 일이다.

자아 성장 큐레이션 플랫폼 '밑미(meet me)'와 만나고서 매일 음악을 들으며 글을 쓰는 것이 나의 리추얼이란 사실을 알게 되었다. 밑미는 내면을 들여다보는 데 도움을 주고, 진짜 나를 만나게 해주는 여러 가지 프로그램을 운영한다. 나는 2020년 10월부터 음악을 듣고 기록을 하는 '나만의 플레이리스트 만들기' 온라인 리추얼 메이커로 활동하고 있다. 밑미 덕분에 내 리추얼을 다른 사람들과 나누는 경험을 하고 있다. 나의 리추얼 멤버들은 '나만의 플레이리스트 만들기' 리추얼을 나의 별명인 '융'과 합쳐 '융플리'라고 부른다.

매달 약 스무 명의 융플리 멤버들과 온라인 공간에 모여 평일이면 매일 음악 하나를 집중해서 듣고 글을 쓴다. 각자 들은 음악과 글을 온라인 게시판에 공유하고, 서로를 듬뿍 응원한다.

이 인연을 계기로 리추얼에 관한 책을 쓰는 기회까지 얻었다. 밑미 리추얼을 진행하면서 부쩍 실감한 것이 있다면, 음악을 좋아하는 마음이 내 정체성이자 능력이 되었다는 재밌고도 신기한 사실이다.

국경도 영토도 없는, 음악이라는 거대한 세계를 부지런히 돌아다니며 열심히 즐겼다. 가요의 세계, 록의 세계, 전자음악의 세계, 기타의 세계, 페스티벌의 세계······. 난생처음 무언가를 경험할 때도, 나를 둘러싸고 있던 알을 깨고 나올 때도 음악은 나와 함께했다. 음악은 나의 내면은 물론이고, 타인의 세계로 들어갈 때에도 마음속 비밀스러운 통로를 따뜻하고 자연스럽게 열어주는 열쇠가 되었다.

음악을 통해 '나'를 만난 순간들과, 그 너머의 세계로 뻗어나가기까지의 이야기를 다음과 같이 총 4장으로 구성했다.

- ▶️ 1장(재생) - 현시점에서 쓰는 리추얼에 관한 생각과 이야기.
- ⏪ 2장(되감기) - 내게 음악 취향을 남겨준 과거의 순간들에 관한 이야기. 삶을 관통한 다양한 음악의 순간들은 내게 취향의 씨앗으로 남았다.
- ⏸️ 3장(멈춤) - 음악 덕분에 나를 만난 이야기. 음악은 내가 나를 알아가는 데 핵심적인 역할을 했다.
- 🔀 4장(셔플) - 리추얼을 나누며 생긴 이야기. 타인과 연결되며 나의 세계는 우리의 소우주로 확장되었다.

음악과 함께하며 나를 만나고, 나의 세계를 확장시켰던 여정에 당신을 초대한다. 세상에서 가장 작고 쉬운 여행 속으로. 하루 24시간 중 음악이 흐르는 짧은 순간만이라도 '내가 나에게 선물하는 시간'이 되었으면 하는 마음으로.

리추얼은 좋아하는 음악의 재생 버튼을 누르는 것만큼 단순할 수 있다. 자, 그럼 이제 재생 버튼을 누르러 가 볼까?

차례

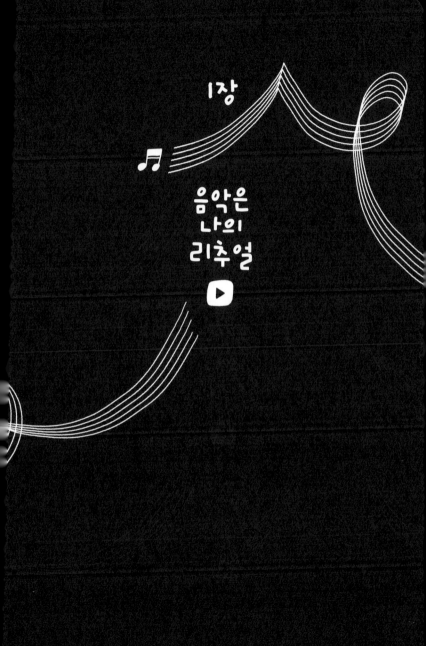

1장

음악은
나의
리추얼

▶ 리추얼에 얽힌 신비로운 기억

리추얼이란 뭘까. 내게는 '리추얼' 하면 떠오르는 장면이 있다. 2017년에 처음 갔던 버닝맨에서 있었던 일이다.

버닝맨은 미국 네바다주의 사막에서 1년에 한 번, 일주일간 열리는 행사다. 눈앞에는 마치 다른 행성에 온 듯한 장면이 펼쳐진다. 매년 8월 말이면 약 7만 명이 모여 아무것도 없는 사막 위에 도시를 건설하고, 실험적인 공동체를 이룬다. 돈으로 살 수 있는 것은 얼음과 커피뿐이며 그 외에 물, 음식, 텐트, 자전거 등 일주일간 생존에 필요한 것은 알아서 챙겨 가야 한다. 돌아올 때는 아무도 없었던 것처럼 머리카락 한 올까지도 깨끗하게 수거해 와야 한다.

인터넷도 터지지 않고 간간히 모래 폭풍이 부는 극한의 환경이지만, 이곳에서 사람들은 자신의 창의성을 폭발시킨다. 영화 「매드 맥스」에 나올 법한 수백 개의 아트 카

(art car)가 음악을 틀고 사람들을 태운 채 돌아다닌다. 파우더처럼 고운 모래로 뒤덮인 하얀 사막 위에는 보기만 해도 신기하고 아름다운 조형물이 세워진다. 일주일이 끝나갈 때쯤이면 곳곳에서 나무로 만들어진 조형물을 불태운다.

토요일 밤에는 버닝맨의 중앙에 있는 거대한 사람 형상(The Man)의 구조물을 태우고, 일요일 밤에는 템플(The Temple)을 태운다. 아무런 죄의식 없이 10~15미터 규모의 건축물이 불타오르는 것을 볼 수 있다. 그야말로 세상에서 가장 큰 불놀이다. 수만 명이 캠프파이어를 하듯 집채만 한 불꽃을 둘러싸고 앉아 보라색, 초록색, 형형색색으로 타오르는 불빛을 바라본다. 이는 그 자체로 버닝맨의 중요한 리추얼이다. 높이 서 있던 조형물이 불에 타 무너지고 소멸되는 것을 바라본다. 사람 형상을 태운 뒤에는 일주일 중 가장 성대한 파티가 열리고, 템플을 태운 뒤에는 차분하게 서로를 안아주고 위로해준다.

버닝맨은 해마다 테마를 정해 진행한다. 2017년의 테마는 '래디컬 리추얼'이었다. 리추얼도 생소한데, 래디컬 리추얼이란 뭘까? 래디컬(radical)은 '급진적'이란 의미도 담고 있지만 '근본적'이란 뜻도 가지고 있다. 라틴어에서 파생된 말로 '뿌리의(of roots)'라는 의미다. 나를 위한 의식을 급진적으로 만들어보는 걸까? 버닝맨에서의 하루하루가 지날수록 그 주제의 의미를 어렴풋이 이해하게 됐다. 지금은 이 주제가 얼마나 시대를 앞서갔는지 놀라울 뿐이다. 그로부터 4년이 흐른 지금에서야 삶에서 크고 작은 나만의 의식을 나의 필요에 맞게 적극적으로 만들어나가고 있다.

버닝맨에서 나는 요가와 명상을 하는 캠프에서 지냈다(버닝맨에는 참여자들이 자발적으로 만드는 수백 개의 캠프가 있다. 버닝맨이라는 도시의 여러 부족처럼 와인 캠프, 음악 캠프 등 다양한 테마의 캠프가 존재한다. 캠프에 참가하면 사막에서 개인적으로 준비하기 힘든 샤워 시설, 부엌 등을 함께 만들기 때문에 더 편한 면이 있다). 카르마와 에너지의 힘을 믿는 사람들이 모여서 그런지, 캠프 멤버 한 명이 분홍빛 수정을 들고 와 반짝거리는 크리스털의 효능을 설명하며 기도를 하자는 제안을 했을 때, 모두 거리낌 없이 받아들였다. 누군가는 고작 돌덩이를 들고 뭐 하는 거냐고 비웃을 수도 있겠지만, 우리는 열린 마음으로 그 제안을 반겼고 우리만의 리추얼로 만들었다.

우리는 동그랗게 모여 돌에 손을 모으고 눈을 감은 채 마음속으로 기도를 올렸다. 캠프 멤버들이 안전하게 지내다가 돌아갈 수 있도록 도와달라고, 이곳에서 좋은 사람들과 건강하고 행복한 시간을 보내게 해달라고 빌었다. 눈을 떴을 때 사람들의 얼굴에 떠올라 있던 작은 미소를 기억한다. 돌에 손을 얹고 함께 기도의 리추얼을 행하고 나자 뭔가 이전과는 다른 감각이 찾아왔다. 신비로운 에너지가 우리를 한 번 감싸고 간 기분. 이런 기분을 이전에도 느낀 적이 있었다. 비행기 탑승을 앞두고 친구가 나를 위해 소리 내어 기도를 해줬을 때. 할머니가 온 식구들을 한 명씩 언급하며 기도를 해주셨을 때. 생경한 공기 속에서도 사랑받고 있다는 확신이 들었다. 비행기가 이륙하기 전 친구가 해준 기도가 떠오르며 입가에 미소가 지어졌다. 나는 안전하다는 안심이 되었다.

나는 종교가 없다. 그럼에도 나의 존재를 초월, 내가 모르는 뭔가가 있다고 믿는다. 동시에 그 힘은 내 안에도 내재되어 있다고 믿는다. 안과 밖의 세계를 연결하는 것은 결국 마음이라고 생각한다. 그래서 가끔 기도를 한다.

누군가의 평안을 간절히 바라는 마음에는 강하고 아름다운 힘이 있다. 나를 아끼고 사랑해주는 사람들의 마음이 비눗방울처럼 반짝거리는 막으로 나를 감싸고 있다는 상상을 하곤 한다. 반대로 내가 아끼는 사람들에게 얇은 보호막을 두르는 상상도 한다. 그러면 괜한 걱정이 잦아들고 마음이 이전보다 평온해진다.

버닝맨에서 리추얼의 신비로움을 느낀 순간은 마지막 날 밤에도 찾아왔다. 버닝맨의 템플은 세상을 먼저 떠난 영혼들에게 바치는 편지와 유품으로 빼곡하게 채워진다. 종교와는 아무런 관계가 없지만 오래된 절이나 교회에 들어선 것처럼 신성한 공기가 감도는 장소다. 하나의 공간 안에 사랑하는 이를 잃은 수만 명의 슬픔이 밀도 있게 모여 있다. 세상을 살아가는 수많은 사람들의 사연을 읽고 있노라면 5분도 지나지 않아 눈물이 흐른다. 템플 안에서 많은 사람들이 울고 있었지만, 가장 크게 느껴지는 감정은 사랑이었다.

나무로 지어진 템플의 구석에 아빠에게 전하고 싶은 말을 적었다. 흐르는 눈물을 닦으며 편지를 적고 나니 모르는 사람들이 다가와 나를 안아주었다. 사랑하는 이들을 향한 그리움으로 가득한 그곳에는 낯선 사람이 없었다. 모두 누군가를 사랑하고 떠나보낸 뒤 아파해본 적이 있는 너와 나였다. 우리가 흘린 눈물에는 슬픔, 고마움, 사랑이 뒤섞여 있었다. 사막 위의 템플은 그런 장소였다. 눈물을 쏟아내고 아이러니하게도 사랑을 확인하는 곳. 우리의 유한함이 슬프고 아름답고, 아름답고 슬펐다.

템플을 태우는 마지막 날 밤, 수만 명이 차분하고 조용하게 불을 둘러싸고 있는 가운데 어디선가 늑대 울음 같은 것이 들렸다. 누군가 늑대처럼 소리를 낸 것이다.

"아우우우우."

멀리서 퍼지는 소리에 내 주변에 앉아 불을 바라보던 몇 명도 늑대처럼 크게 소리를 냈다. 어느 순간 파도타기처럼 우리는 하울링 소리를 냈다. 그 메아리는 몇 바퀴를 돌고 이내 사라졌다. 하울링이 잦아든 뒤에도 그 신비로운 경험의 파동이 남아 몸이 파르르 떨렸다. 내 안의 영혼도 함께 떨린 것 같았다. 템플을 태우는 리추얼이 진행되는 동안 우리는 야생의 동물로, 원초적인 영혼으로 그곳에 존재하고 있었다.

버닝맨에서 경험한 리추얼들은 신비로워 보이지만 따지고 보면 모든 의식이 결국 우리끼리 만든 약속이었다. 분홍빛 크리스털과 거대한 불을 매개로 마음가짐을 바꿀 장치를 마련했다. 2017년 버닝맨의 주제 '래디컬 리추얼'처럼

'래디컬'이라는 단어를 굳이 붙이지 않아도, 신성한 의식을 의미하는 리추얼은 애초에 '근본적'이라는 뜻을 담고 있는지 모른다. 자신을 위한 의식을 만드는 리추얼은 나의 영혼을 어루만지고, 뿌리를 단단하게 만든다.

우리는 일상의 신비로움을 의도적으로 늘려갈 수 있다. 내가 나와의 약속을 만들고, 이 시간이 나를 위한 선물이라는 믿음을 가지고 그 약속을 지켜나간다. 리추얼은 우리의 의식을 부드럽게 깨우며, 물 위에 반짝거리는 윤슬처럼 삶의 평범한 순간들을 비춘다. 이토록 작은 믿음 하나가 삶에 긍정적인 변화의 물결을 일으킬 수 있다는 사실이 찬란하게 아름답다.

▶ 즉흥형 인간의 루틴

나는 계획형 인간이 아니다. 특히 여행지에서 어떤 일정의 '끝'이 정해져 있는 것을 좋아하지 않는다. 그곳에서 뭔가 재밌는 일이 벌어지면? 누군가를 만나게 되면? 조금 더 머무르고 싶으면? 불확실성과 여유를 허용하지 않는 일정은 나와 맞지 않는다. 단시간에 최대한 많은 것을 보는 데에는 별로 관심이 없다. 나는 미지의 세계에서조차 '생산적이고 효율적이기 위해서' 여행을 하는 것이 아닌걸.

이쯤이면 내가 어떤 여행을 선호하는지 감이 올 것이다. 비행기표와 숙소만 잡아두고 그냥 떠날 때도 많다. 뭔가를 꼭 봐야겠다고 욕심 부리기보다는 골목골목의 일상적인 배경 안에 이전부터 살았던 사람처럼 녹아드는 것이 좋다. 낯선 언어가 시끌벅적하게 들려오는 현지인들의 단골집에 앉아 누군가의 매일을 생경하게 느끼는 것이 좋다.

마음에 드는 공원 벤치에 누워 산들거리는 바람을 맞고, 머리 위의 잎새 사이로 반짝이는 햇빛을 바라보는 여유. 목적지 없이 들어간 바에서 밥 말리의 노래 「노 우먼, 노 크라이(No Woman, No Cry)」를 기타 치며 노래하는 레게 머리 아저씨의 음악과 미소에 나도 모르게 따라 웃었던 순간. 동네 책방 앞에 놓인 캐리어 위에서 낮잠을 자던 주황색 고양이. 여행에서 돌아온 뒤 기억에 남는 것은 유명한 장소가 아니라 누군가의 일상을 찍어놓은 듯한 스냅숏 같은 광경들이었다.

나의 하루를 우연과 즉흥성에 맡겼을 때 벌어지는 마법 같은 일들이 좋아서 미래를 세세하게 정해두지 않는다. 열린 마음으로 순간을 즐기겠다는 자세로 있으면, 우주가 나를 좋은 곳으로 데려다줄 것이란 믿음이 있다. 실제로 그 믿음 덕분에 내게 감동을 주는 순간과 사람들을 여러 번 선물받았다. 그럴수록 '즉흥성'을 옹호하고 사랑하는 나의 마음은 커지기만 했다.

'계획'이라는 단어만 봐도 약간의 울렁거림을 느끼는 즉흥형 인간인 내가 계획적이고 반복적인 행위의 '루틴'을 달리 바라보게 된 것은 2020년 봄에 독립을 하면서부터다. 나의 별명인 융과 아지트를 합쳐 '융지트'라고 이름 지은 집 겸 작업실에서 여러 가지 루틴이 자리를 잡았다. 매일 혹은 매주마다 반복적으로 하는 일이 늘어났다.

구글에서 나온 인공지능 스피커 '구글 홈'을 마치 비서처럼 쓰고 있다. 요리를 하기 전 타이머를 맞출 때도, 음악을 틀 때도 쓴다.

"오케이 구글! 7분 타이머 맞춰줘!"

"오케이 구글! 음악 틀어줘!"

말만 하면 구글 홈이 내 요청을 들어준다. 허공에 대고 인공지능에게 소리치다 보면, 영화 「그녀」의 주인공 테오도르가 떠오르며 낯선 기분이 들다가도 이내 다시 익숙해진다. 나는 현재가 되어버린 미래를 살고 있다. 아날로그를 유난히 사랑하는 나는 기술에 잠식되지 않고 디지털과 아날로그 사이 어딘가 나에게 맞는 지점을 찾으려 노력하며 균형을 잡고 있다.

구글 홈의 기능 중 가장 잘 쓰는 것은 아침 루틴 기능이다. 매일 아침 일어나면 "오케이 구글! 좋은 아침!"이라고 외치는 것을 시작으로 내 몸은 반자동적으로 익숙한 습관을 수행한다. "좋은 아침"을 외치면 구글 홈이 말을 건다.

"안녕하세요, 혜윤 애슐리 님. 오전 8시 30분입니다. 현재 기온은 20도이며, 곳에 따라 구름이 껴 있습니다. 오늘 일정은 이렇습니다. 멋진 하루 보내세요."

그리고 내가 미리 설정해둔 음악을 틀어준다. 「마녀 배달부 키키」의 사운드트랙 중 히사이시 조의 「바다가 보이는 마을」. 매일 똑같은 노래로 아침을 연 지도 1년이 지났다. 유튜브 알고리즘 덕분에 이 노래 다음에도 히사이시 조의 음악이 흘러나온다. 히사이시 조의 음악은 천 번을 들어도 질리지 않는다. 그의 음악이 깔린 지브리 영화 속 장면들을 떠올리면 순식간에 기분이 좋아진다. 그의 음악은 점점 더 내 안에 깊이 새겨지고 있다.

멜로디가 흘러나오는 동안 전날 밤 미리 침대 옆 협탁에 올려두었던 물 한 컵을 마시고, 이불을 정리한다. 그 자리에 엎드려 짧은 글을 쓰고, 융플리 멤버들에게 나의 음악과 글을 공유한다. 시간이 허락하면 요가를 하고, 나를 위한 아침을 차려 먹는다.

간단하게 먹을 때는 그릭 요거트에 그래놀라와 과일을 얹어 먹는다. 조금 더 여유를 느끼고 싶은 날에는 딸기와 아몬드 우유를 갈아 셰이크도 만들고, 버터에 토스트, 계란, 브로콜리를 굽고, 빨간 방울토마토를 반으로 잘라 내가 만든 도자기 그릇에 나름대로 플레이팅을 한다. 빨간색, 노란색, 초록색, 갈색. 균형 잡힌 색이 가지런히 담긴 귀여운 아침을 먹으며 보람차고 건강한 에너지를 충전한다.

처음부터 이렇게 루틴이 풍부했던 것은 아니다. 1분도 걸리지 않는 물 마시기와 이불 정리로 시작했다. 전날 밤 컵에 물을 따라서 침대 옆에 두고 자면, 일어나자마자 손을 뻗어 물을 마시는 것은 세상에서 가장 쉬운 일이었다. 이불 정리를 할 때의 성취감이란! 그 소소한 뿌듯함이 다른 루틴을 더해가는 원동력이 되었다. 한꺼번에 도입하지 않고 하나씩 천천히 늘렸다. 5분 글쓰기. 5분 요가. 내게 무리되지 않는 수준으로 시작하고 반복했다.

중요한 것은 해야 한다는 강박감에 너무 스트레스 받지 않는 것이다. 나는 상황에 따라 유연하게 일부 루틴을 생략하기도 한다. 물 마시고 이불 정리하는 것을 기본으로 삼아, 그 일만 완수해도 아침 루틴을 성공한 것으로 간주하고 나 자신을 칭찬해준다.

몸과 마음이 피곤할 때는 나를 몰아세우지 말 것. 힘든 날에는 쉬운 일은 최대한 쉽게 둘 것. 지금 하려는 일을 하기만 하면 몸과 마음에 좋은 변화가 일어나리라 믿을 것. 포기하지 않고 조그마한 일 하나라도 해낸 나를 잘했다고 다독여줄 것. 어떤 상황에서든 자책하지 않고 나 자신을 우선적으로 챙기는 마음가짐이 때론 무기력해지기도 하고 반복되는 것에 쉽게 질리는 내가 꾸준히 루틴을 수행하고 있는 핵심 비결이다.

2020년 가을에는 내 일상을 다채롭게 채운 다양한 루틴을 소개하는 얇은 책자 형태의 독립 출판물 『융지트 루틴 모음집』을 만들었다. 아침 루틴과 더불어 식물 키우기, 꽃 구입하기, 피아노 치기, 칵테일 만들기, 달리기 등의 루틴을 소개한다. 꼭 매일 하지 않아도 내 삶에 내가 만들어낸 반복적인 행위라면 무엇이든 루틴이자 리추얼이 될 수 있다. 이 모든 시간에는 역시 음악이 흐르고 있다. 식물에 물을 줄 때, 요리하고 칵테일을 만들 때, 달리기를 할 때. 음악은 이 순간들을 한층 즐겁게 만들어준다.

회사 밖으로 나온 뒤 가장 많이 받는 질문은, 어떻게 이토록 많은 일들을 동시에 하냐는 것이다. 그 질문에 대한

융지트

나의 답은 늘 '리추얼'로 귀결된다.

자유를 갈망하며 시스템 밖으로 나왔지만, 진정 자유롭기 위해 필요한 것은 결국 나를 잡아주는 안전장치이자 시스템을 만드는 일이었다. 회사를 나와 인디펜던트 워커로 일하며 매일의 모습이 달라졌지만, 자연스럽게 자리 잡힌 리추얼이 나의 하루를 잡아주는 역할을 한다.

여러 일을 하기 위해 인공지능의 힘을 빌리고, 온라인 툴을 사용하기도 하지만, 내가 생산성을 높일 수 있었던 근본적인 이유는 매일 조금씩 나의 마음을 보살핀 덕분이다. 음악을 들으며 이불을 정리하고, 식물에 물을 주고, 나를 위한 꽃을 사 온다. 언뜻 보면 생산성과는 전혀 관련 없는 듯한 이 시간들이 일상 가운데서 잠시 멈춰 나의 마음을 점검하고, 중요한 일에 몰입할 수 있는 힘을 길러주었다.

이를 알아차리고 '계획'이라는 단어만 봐도 알레르기 반응을 일으키던 태도도 바꾸었다. 꿈을 꾸는 것도, 이루고 싶은 일을 마음속으로 그려보는 것도, 하루하루 삶을 지탱할 수 있게 도와주는 반복적인 리추얼도 사실은 모두 일종의 계획이니까. '계획'은 가능성을 차단하는 말이 아니라 누군가의 이루고 싶은 미래이자, 어떤 곳에 도달하기 위한 여정이다. 일상에 계획되어 있는 리추얼은 나의 현재를 점검할 수 있는 시간이다. 내가 나를 잃어버렸을 때, 다시 나를 찾고 돌아올 수 있는 시간이다.

시간을 그냥 흘려보내지 않고 매일의 오늘에 충실하고 싶다. 그러기 위해 나의 몸과 마음을 보살피는 여러 리추얼을 느슨하고 견고하게 이어나간다.

▶ 영혼의 비밀 장소로 파고드는 음악

대학생 때 토론 수업을 좋아했다. 어느 날 '인간에게 영혼이 있는가'를 주제로 토론을 한 적이 있다. 당연한 것을 두고 꼭 토론을 해야 하나 속으로 생각했지만, 놀랍게도 과반수 이상의 학생들이 '영혼은 없다' 편에 손을 들었다. 나를 포함해 세 명만이 '영혼은 있다' 편에 손을 들었다.

결과에 충격을 받은 것도 잠시, 나는 소수의 입장에서 '인간에게 왜 영혼이 있는가'를 대변해야 했다. 이 토론만큼은 이기고 싶었다. 영혼의 존재를 믿는 사람의 입장에서 책임감이 들었다. 우리에게 영혼이 없다면 그건 너무 슬픈일 아닌가. '없다' 편에 손을 든 저 친구들은 정말로 그렇게 믿는 걸까? 아니면 그저 더 멋있어 보여서, 이성적이고 똑똑해 보여서 굳이 그렇게 믿는 척하는 걸까?

꼭 모든 일에 데이터를 들이밀고 증명해야만 판단을

내리고 결정할 수 있는 것은 아니다. 우리의 감성과 직감은 이성에 밀려 과소평가되기 일쑤지만, 때론 마음이 이끌리는 곳에 해답이 있다. 하지만 그렇게 생각하지 않는 사람들과 토론하기 위해서 처음으로, 최대한 이성적으로 영혼의 증거를 짜내야 했다. 영혼의 존재를 어떻게 어필해도 상대편에서 가장 강력하게 주장을 펼치던 친구는 이렇게 반박했다.

"그 역시 뇌에서 프로그래밍이 된 결과일 뿐입니다."

모든 행동은 머릿속 화학반응으로 인한 것이라는 친구의 말에 반박하기란 쉽지 않았다. 내가 좋아하는 많은 작가들의 본업은 '호기심'이라는 인간 특유의 아름다운 마음을 원동력 삼아 일하는 과학자다. 과학은 얼마든지 영적이고, 철학적이고, 아름다울 수 있다. 지금 생각해보면 '머릿속 화학반응 때문'이라는 말이 꼭 영혼 없음을 증명하지는 않는다. 그러나 그때의 우리는 근거가 과학적이라고 해서 결론 역시 딱딱하고 차가워야 한다는 프레임에 갇혀 있었다. 나는 친구의 대답에 점점 할 말을 잃었다. 이성적으로 영혼이 존재한다고 설득하는 일에 지쳐갈 무렵, 머릿속에 스치듯 생각난 질문 하나를 던졌다.

"그럼 인간은 왜 음악을 만들고 듣나요?"

진심으로 궁금해서 던진 질문이기도 했다. 영혼이 없다면 인간이 예술을 만들어내는 이유가 뭘까?

영혼은 없다고 극단적으로 단정 짓던 친구가 말을 잃은 첫 번째 순간이었다. 그 친구에게도 복잡한 계산 없이 그저 마음이 가서 좋아하는 음악이 있었던 것이다. 음악은 그런 친구의 눈빛마저도 흔들리게 만들었다. 누구에게나 이것저것 재지 않고 순수하게 무언가를 좋아하던 어린 시절이 있었을 것이다. 내면에 있는 아이를 건드리는 단순한 질문 하나가 미동도 없던 얼굴에 파동을 일으킬 수 있다는 것이 새삼 놀라웠다.

그때 교수님은 보일락 말락 미소를 지었다. '렉스'라는 이름을 가진 내가 존경하던 백발의 교수님은 딱 봐도 영혼의 존재를 믿는 사람이었다. 교수님은 내심 소수의 편에 선 우리가 이기기를 바라는 것 같았다. 법학과 철학을 함께 전공한 그는 반짝이는 눈빛으로 내게 토론의 즐거움을 일깨워준 사람이었다. 나의 의견을 내는 일이 충분히 의미 있음을 알려주고, 말하는 용기와 즐거움을 일깨워준 사람이기도 하다.

토론 수업을 통해 내게는 '당연하다'고 생각되는 것이

남에게는 아닐 수 있음을 깨달았다. 그래서 나의 의견을 입 밖으로 꺼내는 일이 중요했다. 단 한 사람일지라도 '이런 입장도 있다'는 것은 알릴 필요가 있다. 그래서 나는 데이터를 참고하되 데이터에 전적으로 의존해 결정하지는 않는다. 언제나 예외가 있고, 세상에 완벽한 100퍼센트란 없기 때문이다. 과반수가 어느 한 방향을 가리킨다고 해서 그것이 꼭 옳다는 뜻은 아니다.

내가 손을 들어 의견을 이야기하면, 비슷한 생각을 했지만 자신이 없어 조용히 있던 친구가 용기를 내서 편을 들어주기도 했다. 그 경험들이 쌓이며 학기 초에는 쭈뼛쭈뼛 소심하게 의견을 말하던 나는 학기가 지날수록 점점 더 손을 들고 말하는 횟수가 늘어났다.

토론은 열린 결말로 끝났다. '믿음'과 '선택'의 문제였으니까. 나는 영혼의 존재를 대변하기 위해 최선을 다했고, 음악을 무기 삼아 날렵한 잽을 날린 것 같아 뿌듯했다. 아직도 그 친구는 자기 자신이 정해진 알고리즘과 화학작용에 의해 움직이는, 기계와 별반 다를 바 없는 존재라고 생각할까? 그래도 여전히 '마음'이 끌리는 음악들을 찾아서 듣고 있지 않을까?

음악과 리듬은 영혼의 비밀 장소로 파고든다.

– 플라톤

　의식하지 않아도 음악은 순식간에 우리를 기억 속으로, 영화의 한 장면 속으로, 상상 속으로 데려가준다. 신날 때는 감정을 고조시키고, 슬프거나 힘들 때는 위로를 준다. 음악 하나로 공기 중에 감도는 분위기가 달라지고, 장면의 장르가 바뀐다. 음악은 나도 모르는 사이 내 '영혼의 비밀 장소'로 파고들어 내 안의 여러 감정과 모습을 마주하게 한다.

　학창 시절 재미있게 읽었던 만화책 『20세기 소년』에서 거대한 독재자 조직을 조용히 무너뜨리는 역할을 한 것이 바로 음악이었다. 주인공인 켄지가 기타를 메고 부르는 노래를 사람들이 자연스럽게 따라 부르며 그 노래의 가사와 멜로디에 자기도 모르는 사이 생각 전환까지 이루게 된 것이다. 어렸을 때는 그게 허무했는데, 지금은 그 어떤 무기보다 현실적이란 생각이 든다.

　40년 넘게 이어져오던 냉전 시기에 서독에서 열린 데이비드 보위의 공연은 베를린 장벽을 사이에 두고 서독과 동독의 사람들이 함께 떼창을 하게 만들었다. 베를린 장벽의 아픔을 그린 노래 「히어로스(Heroes)」를 베를린 장벽을 사이에 두고 서독과 동독이 함께 불렀다. "네가 헤엄칠 수 있다면 좋겠어. 마치 돌고래처럼." 벽하나를 사이에 두고 이런 노래를 부를 때의 기분은 어땠을까. 상상만 해도 눈물이 날 것 같다. 역사에 남을 만한 순간을 경험하고 있다는 걸 피부로 느끼지 않았을까. 이날의 공연은 은근히 도시와 세상의 분위기를 반전시키며 철옹성 같던 베를린 장벽을 무너뜨리고 냉전을 끝내는 데 기여했다. 사람의 마음을 움직이는 것은 날카롭고 강력한 무기가 아니다. 가장 부드럽고 다정한 것이 때로는 세상을 가르던 벽을 허물 정도로 강한 힘을 발휘한다.

수많은 종교에서 함께 노래하는 의식을 치른다. 우리 선조들은 크고 작은 고난을 극복하기 위해 함께 노래를 불렀다. 이처럼 무언가를 기원하고 바라는 자리에서도 음악은 빠지지 않는다. 영혼의 세계를 다루는 픽사 애니메이션 「소울」이 음악을 주요 소재로 쓰고 있는 것도 결코 우연이 아니다.

다른 누군가와 함께 노래를 듣고 불러본 사람이라면 알 것이다. 좋아하는 가수의 콘서트장을 떠올려도 좋고, 축구장이나 야구장에서 울려 퍼지는 스포츠 응원가를 떠올려도 좋다. 음악에는 사람들을 마음과 마음으로 이어주는 힘이 있다. 가장 평화로운 형태로 부드럽고도 강하게 우리를 결속시킨다. 잔뜩 긴장되어 있던 몸을 이완시키고, 마음의 가드를 내리게 만든다. 음악을 즐기는 순간 나는 더 이상 혼자가 아니게 된다. 개개인의 주파수가 음악으로 인해 하나로 맞춰질 때 느껴지는 몸의 전율. 음악에 온전히 몰입해 내가 나를 잃어버리고, 나를 넘어선 거대한 무언가의 일부가 된 느낌. 말로는 표현하기 힘든, 그러나 누구나 공감할 만한 이 경험과 감정이 우리에게 영혼이 있다는 증거가 아닐까.

소설가 베르나르 베르베르는 말한다. 우리는 정신을 가진 육체가 아니라, 육체를 가진 정신이라고. 순서를 바꿨을 뿐인데 모든 것이 바뀐다. 우리는 마음을 가진 몸이 아니라, 몸을 가진 마음이다.

살아 있는 마음을 방치하지 않고 소중하게 다뤄주는 것이 필요하다. 그런 의미에서 음악은 내게 가장 쉽고 자연스러운 리추얼이다. 하루의 무게가 버거워 잠시 도망가고 싶을 때 이어폰을 꽂고 좋아하는 노래를 찾아 재생 버튼을 누른다. 그럼 음악은 금세 '세상의 방해로부터 나를 지키며' 여기가 아닌 어딘가로 데려가준다.

　모든 움직임에는 소리가 있고, 눈에 보이지 않는 고유의 주파수가 있다. 우리의 심장은 긴장과 이완을 반복하며 자기만의 리듬으로 펄떡이고 있다. 이런 맥락에서 바라보면 사람도 자연도 모두 음악이다. 소리의 진동을 의미하는 '떨림'과 '울림'이 설렘과 감동이라는 의미의 똑같은 단어로 쓰인다는 게 내게는 아주 멋지게 다가온다.

　시간을 빼앗고 주의를 끄는 방해 요소가 넘쳐나는 세상에서 음악과 함께하는 나의 리추얼에 의지해 호흡을 고르고 다시 나를 인지한다. 정신없이 흘러가는 시간 속에서 잠깐의 쉼표를 찍으며 매일 내게 맞는 삶의 속도를 찾아간다. 나에게 맞는 삶의 리듬을 찾아 하루치의 음표와 쉼표를 번갈아 찍으며 오늘의 악장을 변주해나간다.

▶ 음악과 친해지는 방법

체크리스트
_____

- '이런 음악을 들어야 한다'라는 강박관념에서 벗어나기
- 다른 사람의 시선을 의식하지 않고 내가 듣고 싶은 음악 듣기
- 나를 기분 좋게 하는 플레이리스트 만들어보기
- 매일 아침 좋아하는 노래로 하루를 열어보기
- 좋아하는 음악을 들으며 그 음악에 관련된 이야기나 떠오르는 감정을 적어보기
- 음악을 짧은 여행이라고 상상해보기
- 하던 일을 모두 멈추고 음악에 오롯이 집중해보기
- 마음에 드는 노래의 가사를 찾아보고, 어떻게 만들어진 노래인지, 아티스트는 누구인지 검색해보기

- 좋아하는 친구와 서로 음악 추천해주기
- 좋아하는 영화에 나온 음악 찾아보기
- 좋아하는 아티스트의 추천 음악 들어보기
- 좋아하는 장소에서 나오는 음악 저장해두기
- 좋아하는 예술 작품(그림이든, 사진이든, 글이든 무엇이
  든)에 내 나름대로 어울리는 음악 붙여보기
- 어울린다고 생각하는 이유를 글로 적어보기
- 내가 즐거운 순간들을 인지하고, 그에 따라 계속 디깅
  (digging)해보기

이런 건 어떻게 알았어요? – 디깅 노하우

'디깅'은 레코드판을 뒤지는 행위가 땅을 파는 것과 비슷하다고 해서 붙은 별칭이다. 뭔가를 발굴하고 파고든다는 의미의 디깅은 꼭 음악뿐만 아니라 호기심이 가는 모든 분야에 적용할 수 있다. 평양냉면집을 찾아다니는 것도, 마블 작품을 챙겨 보고 세계관을 파고드는 것도 디깅이다. 좋아하는 감독의 영화를 모두 찾아보는 것도, 온라인 커뮤니티에서 팬들끼리 정보를 공유하고 얘기를 나누는 것도, 등산을 좋아해 전국의 산을 찾아다니는 것도 디깅이다.

디깅은 우리가 소위 말하는 '덕질'과 일맥상통한다. 인공지능이 취향을 분석하고 추천해주는 21세기에 디깅을 한다는 건, 능동적으로 취향을 찾아 나선다는 의미다. 하나의 세계를 탐구하고 즐기는 과정 속에서 지식뿐만 아니라 나만의 이야기가 차곡차곡 쌓인다. 내가 좋아하는 것이 나의 정체성, 가치관, 일상에 점점 더 밀접하게 연결되기 시작한다. 파고드는 시간만큼 취향은 내 것이 되고, 더욱 견고해진다.

좋아하는 것이 생겼을 때 내가 디깅을 하는 방법을 정리해보면 다음과 같다. 이해하기 쉽도록 예시를 들어 설명하겠다. 한국에서는 영화 「그녀」로 잘 알려진 스파이크 존즈 감독을 디깅해보자.

의도적으로 찾아보고 파고들기

21세기의 디깅은 검색으로 시작한다. 예전 같았으면 도서관을 찾거나 백과사전을 찾아봐야 했겠지만, 지금은 가늠할 수 없을 정도로 거대한 지식의 창고가 우리 손바닥 안에 있다. 이 세상을 살아왔고 살아가는 수많은 사람의 지식과 지혜와 노하우를 단어 몇 개로 바로 찾아볼 수 있는데, 이걸 안 써먹는 건 손해다. 검색은 호기심이 가는 대상을 의도적으로 알아가기 가장 쉬운 방법이다.

스파이크 존즈를 검색하면 나무위키가 제일 먼저 뜬다. 나무위키와 위키피디아만 읽어도 기본 정보를 넘어 꽤 상세한 내용까지 알 수 있다. 위키에는 그의 필모그래피, 초기 커리어, 최근작이 보기 좋게 정리되어 있다. 거기서부터 또 파고들 만한 구석이 보인다.

검색해서 알아가는 것을 귀찮고 번거롭게 여기는 사람들도 있는데, 어렵게 생각하지 말자. 처음부터 모든 것을 아는 사람은 없다. 궁금한 게 있고 알고 싶다면 알아가면 된다. 요약된 검색 결과를 보다가 더 자세히 알고 싶으면 관련된 책이나 영화를 찾아보길 추천한다.

그렇게 의도적으로 알아가는 과정을 통해 취향은 깊어진다. 이전에 보이지 않던 것들이 보이고, 들리지 않던 것들이 들린다. 세상을 보는 또 다른 시야가 생긴다.

취향의 갈래

또렷해진 취향은 하나의 관문이 되어 여러 갈래로 뻗어나간다.

'스파이크 존즈'란 이름을 알게 된 뒤 일부러 그의 작품을 하나하나 찾아보기 시작했다. 「존 말코비치 되기」,

「어댑테이션」, 「괴물들이 사는 나라」 그리고 그가 초기에 만든 뮤직비디오들.

스파이크 존즈는 영화계에 데뷔하기 전 뮤직비디오 감독으로 이름을 날렸다. 그와 함께 작업한 뮤지션만 해도 어마어마하다. 소닉 유스(Sonic Youth), 비스티 보이스(Beastie Boys), 다프트 펑크(Daft Punk), 위저(Weezer), 비요크(Björk), 아케이드 파이어(Arcade Fire). 이 라인업만 봐도 나는 역시 스파이크 존즈를 좋아할 수밖에 없다는 생각이 든다.

그의 작품은 이상하고 아름답다. 배경은 비현실적이지만 관계와 감정은 현실적이다. 주인공은 평범하지 않고 괴이한 모습으로 자주 등장한다. 그가 만든 광고마저 '스파이크 존즈'스럽다. FKA 트위그스의 애플 홈팟 광고와 모든 향수 광고의 틀을 깨버린 겐조의 향수 광고를 보면서 나의 사랑은 또 깊어졌다.

그는 어딘가 좀 다른 사람에게 끌리는 사람이다. 나도 마찬가지다. 이게 진짜 내 취향인지 아닌지를 알 수 있는 방법은 간단하다. 궁금하고, 재밌고, 놀랍다면, 그래서 계속 찾아보게 된다면. 새로운 취향을 찾은 것을 축하한다. 그 취향을 파고들수록 취향에 깊이가 생긴다.

더 재밌는 건, 각자 다른 뿌리에서 출발한 취향이 시간이 흐르고 경험이 축적되면서 연결되기 시작한다는 것이다. 좋아하는 아티스트끼리 서로 영향을 주고받는 것이 보인다. 사랑하는 감독의 영화에 재밌게 읽은 책이 나오고, 절체절명의 순간에 반가운 노래가 등장한다. 대놓고 말하지 않아도 누군가의 영향을 받은 것이 느껴진다. 나는 이런 연결이 일어날 때마다 행복을 느낀다. 좋아하는 가수가 좋아하는 배우와 친하게 지내는 것을 보면 괜히 뿌듯하고 반갑고 기분이 좋아지지 않나. 최애와 최애의 만남. 그것과 비슷한 기분이 든다.

큐레이션 참고하기

이쯤에서 "다 좋은데, 애초에 내 취향이 뭔지 잘 모르겠고, 어떤 걸 검색해야 할지 모르겠으면 어쩌죠?"라고 물을 수 있다. 디깅할 주제를 모르겠다면, 주제 자체부터 의도적으로 찾아보면 된다. 다른 이의 큐레이션을 참고하는 것도 좋은 출발점이다.

주변을 둘러보면 온통 큐레이션이다. 좋아하는 아티스트, 브랜드, 책방, 카페부터 좋아하는 주변 사람까지. 영감을 받을 곳은 무궁무진하다. 그들의 계정에 들어가면 라이프스타일이 보인다. 인스타그램, 플레이리스트, 유튜브 등의 채널에 선별된 콘텐츠가 올라온다. 잡지나 기사, 팟캐스트에서 좋아하는 사람의 인터뷰를 찾아볼 수도 있다.

20대 초반에 한창 페스티벌을 찾아다닐 때는 페스티벌 라인업이 나에겐 또 하나의 큐레이션이었다. 페스티벌 포스터를 보면 가장 크게 적힌 헤드라이너 말고도 함께 묶여 있는 아티스트가 보인다.

좋아하는 페스티벌의 라인업에 내가 잘 모르는 아티스트가 있으면 미리 그들의 음악을 들어봤다. 무대마다 콘셉트가 달라서 내 취향의 무대를 찾으면 그 무대에 서는 아티스트들을 찾아봤다. 몇 년간 페스티벌 디깅을 반복하며 공연장을 찾다 보니 좋아하는 음악도, 아는 음악도 많아졌다. 지금 누가 떠오르고 있는지도 알게 됐다. 페스티벌 포스터 여러 개만 봐도 전 세계 음악의 흐름이 보인다.

즐거운 순간을 함께할 사람 찾기

내가 여러 취향을 놓치지 않을 수 있었던 가장 큰 이유는 주변 사람들 덕분이다. 서로 디깅한 것을 공유하며 우리는 쉽게 경탄하고, 감동하고, 즐거움을 느낀다. 취향을 공유할 사람이 있으면 즐거움은 배가되고, 지속성이 생긴다. 혼자서는 하지 않을 일도 함께라면 하게 된다. 좋아하는 것에 대해 이야기하고 나눌 친구가 있다면 서로 선한 영향력을 주고받을 수 있다. 취향과 영감을 주고받으며 함께 성장할 수 있는 사람이 곁에 있는 것은 큰 복이다.

세상에는 단순하고 즉각적인 행복을 주는 것, 힘든 순간에도 위로를 주는 것, 자연스럽게 푹 빠지게 되는 것이 있다. 취향이 없어 고민이라는 사람에게도 분명 금세 미소 짓게 만드는 뭔가가 있다. 거창한 것이 아니어도 좋다. 작은 관심으로 시작해 자발적으로 시간을 들여 파고들게 되는 것이 취향이다.

일말의 망설임 없이 "나는 이런 걸 좋아하는 사람"이라고 외칠 수 있는 건 멋진 일이다. 입 밖으로 꺼내는 순간 좋아하는 게 떠오르면서 또 기분이 좋아지고, 그 에너지는 주변에도 전염된다. "나는 고양이를 좋아해." "나는 BTS를 좋아해." "나는 식물을 좋아해." 축 처져 있던 사람도 좋아하는 것을 이야기하는 순간만큼은 생기를 되찾는다.

디깅은 재미를 느끼는 순간을 흘려보내지 않고 적극적으로 붙잡아 나만의 것으로 만드는 일이다. 그 작은 노력이 시간이 흘러 어떤 형태로 발전하고 연결되며 어떤 영감을 줄지는 알 수 없다. 무언가를 좋아하는 데 꼭 이유가 필요한 것은 아니지만, 확실한 건 무언가에 빠져들고, 내 안에 연결되는 지점이 많아질수록 인생에서 놀랍고 즐거운 순간 또한 늘어난다는 것이다. 나는 그 순간을 꼭 붙잡고 늘려가고 싶다. 이 놀라움과 재미가 내가 호기심을 잃지 않는 이유다.

2장

음악이라는
씨앗

⏪ 주크박스 세포와 취향의 추적

나의 꽤 별난 습관 중 하나는 어떤 단어를 들으면 그 단어가 들어간 노래를 떠올린다는 것이다. 나도 모르게 그 단어가 들어간 노래를 흥얼거린다. 예를 들어 누군가 '태양'을 언급하면 내 입은 "태양을 피하고 싶어서"를 흥얼거린다. 또 "보이지"라는 상대의 말이 끝나기 무섭게 내 입은 "않니, 나의 뒤에 숨어서"라고 터보의 「회상」을 이어 부르고 있다. 내가 알아차리기도 전에 입이 반사적으로 움직인다. 못 말리는 습관이다. 친한 친구 사과는 내가 그럴 때마다 이렇게 말하고 웃는다.

"주크박스 세포가 또 일을 시작했군."

내 전문 분야는 90년대 가요와 애니메이션 주제가다. 8090 노래는 전주를 3초 정도만 들어도 제목을 맞힐 수 있다. 몇 달 전 부산에서 친구들과 택시를 타고 이동할 때였다. 라디오에서 출연자들이 흘러나오는 전주만 듣고 노래 제목 맞히는 게임을 하고 있었다. 나는 음악이 흘러나오기 무섭게 정답을 외쳤다. 나미의 「슬픈 인연」! UP의 「뿌요뿌요」! 라디오에서 정답자가 나오기까지 꽤 시간이 걸리는 것을 보며 이것도 쓸모없는 나의 능력 중 하나구나 싶었다. 내가 답을 외칠 때마다 친구들은 어떻게 그렇게 빨리 알아맞히냐며 혀를 끌끌 찼다. 쓸모없으면 뭐 어때. 이럴 때마다 이상한 자부심이 드는걸.

디즈니 노래도 웬만한 곡들은 외우고 있다. 익숙한 노래가 흘러나오면 몸이 먼저 반응한다. 전주만 들어도 '아, 이 노래!' 하고 반가워하며 가사를 따라 부르게 된다. '아직도 이 노래를 기억하고 있었구나. 내 안 어딘가에 남아 있었구나' 하고 놀랄 때도 있다. 별 노래를 다 외우고 있어서 노래방집 딸이냐는 얘기를 들은 적도 있다. 주크박스 세포를 보유한 다른 친구와 함께 있으면 시너지가 폭발한다. 그때부터는 서로 반길 만한 노래를 선곡하며 과거를 현재로 끌어와 신나게 논다.

내가 제일 먼저 좋아한 음악이 뭘까. 명확하게 하나를

꼽기는 힘들지만 기억을 거슬러 올라가면 일곱 살 때쯤 반복해서 흥얼거렸던 노래들이 연달아 떠오른다. 자기 전에 엄마가 불러주던 「섬집 아기」, 유치원 때 사람들 앞에서 불렀던 신형원의 「개똥벌레」, 가사를 완벽히 몰라도 "따라라 라라라"로 멜로디를 따라 불렀던 「걸어서 하늘까지」. 그 시절에 부르던 노래 중에는 아직까지도 습관적으로 흥얼거리는 곡들도 있다. 「아기 공룡 둘리」에 나왔던 「비눗방울」, 영화 「사운드 오브 뮤직」의 「도레미」, 「인어 공주」의 「파트 오브 유어 월드(Part of Your World)」, 「포카혼타스」의 「컬러 오브 더 윈드(Colors of the Wind)」. 내가 기억하는 가장 어린 시절부터 주크박스 세포는 내 안에서 노래를 흥얼거리며 제 할 일을 하고 있었다. 그러고 보면 가지고 태어나는 특성 같은 것이 있지 않나 싶다.

누구나 마음속에 자기만의 서재를 갖고 있다. 그곳에는 지금까지 즐겨온 책, 영화, 음반 등이 꽂혀 있다. 가끔 책장 깊숙한 곳에서 잊고 있던 음악을 꺼내게 될 때가 있다. 마치 다락방에서 우연히 발견한 추억 상자를 열었을 때처럼, 노래 하나가 기억에 새겨진 지나간 시간의 잔상을 불러일으킨다. 막연하게 남아 있던 어린 날들의 내가 느껴지는 날이면 노래 하나로 괜히 울컥할 때도 있다. 나의 과거가 다닥다닥 붙어 있는 음악에 애착이 가는 건 어쩔 수 없다.

쿨의 「애상」, S.E.S.의 「아임 유어 걸(I'm Your Girl)」이 흘러나오면 친구들과 장기자랑을 준비하던 때의 내가 떠오른다. H.O.T. 노래가 흘러나오면 친구들과 열광하던 기억, 처음으로 공연장을 찾아가 떼창하던 시절의 내가 떠오른다. 장필순 노래가 흘러나오면 혼자 치앙마이의 조용한 마을을 여행하던 기억이, 오아시스 노래가 흘러나오면 엘피바에서 춤을 추고 페스티벌을 다니던 때의 기억이 떠오른다. 수많은 음악에 수많은 기억이 붙어 있다. 가끔은 음악이 불러일으킨 기억을 애써 다시 가라앉힌다.

음악 하나로 짧은 여행을 떠날 때면 그 시절의 내가 지금의 나와 함께 있는 것만 같다. 시간이 직선으로 흐르는 것이 아니라는 말은 이럴 때 실감이 난다. 하나의 노래 안에는 과거의 나도, 현재의 나도, 미래의 나도 담겨 있다. 과거에 이 노래를 즐겼던 나. 지금 듣고 있는 나. 미래에도 이 노래를 들을 나. 지금 내가 듣고 있는 노래는 또 어떤 때에 어떤 곳에서 어떤 모습의 나에게 다가올까.

내 동생 지윤이는 언젠가부터 '혜윤 언니' 하면 '음악'

이 떠올랐다고 한다. 음악을 듣고 흥얼거리는 순간이 좋아서, 공연장 앞에서 보내는 시간이 좋아서 꾸준히 파고든 음악은 어느새 내 주변인 모두 눈치챌 정도로 커다란 나의 정체성이 되었다.

누구에게나 이유 없이 끌리고, 좋아하게 되는 어떤 것이 있다. 가지고 태어나는 취향의 씨앗이 있는 것 같다. 어떤 씨앗은 후천적으로 날아와 마음 정원에 심기기도 한다. 좋아하는 마음을 알아차리고 정성을 들일수록 그 씨앗은 특정한 때를 만나 발아하고 선명한 취향으로 피어난다.

현재의 취향을 추적하며 과거를 쭉 돌이켜보니 음악은 내가 생각했던 것보다 오래전부터 내 가까이에 있었다. 음악을 전문적으로 공부한 것도 아니고, 음악가도 아니지만, 일상에 자연스럽게 뿌리내리고 있던 여러 갈래의 음악은 경험을 자양분 삼아 싹을 틔우고 숲을 이루며 나라는 사람의 색채를 만들었다.

아끼는 노래가 많은 만큼 여기저기서 흘러나오는 반가운 노래를 듣고 흥이 나는 일 또한 많다. 그래서 나는 자주 신나고, 혼자 있는 시간도 잘 즐기는 편이다. 상황별로 나를 즐겁게 만들거나 위로해줄 수 있는 플레이리스트를 여러 개 가지고 있다. 음악 하나에 의지해 억눌려 있던 감정을 분출시키며 엉엉 울기도 하고, 음악 하나에 단숨에 행복해져 "너무 좋다"라고 혼잣말을 중얼거리기도 한다.

어떤 음악들은 나와 평생 갈 사이라는 것을 안다. 여섯 살의 정혜윤이 들었던 「사운드 오브 뮤직」과 예순 살의 정혜윤이 들을 「사운드 오브 뮤직」은 어떻게 달라질까? 노래는 시간이 흘러도 그대로일 텐데. 음악 속의 목소리는 영원히 나이 들지 않은 채로 내게 말을 걸어올 텐데. 변하지 않은 노래는 달라진 내 모습마다 얼마나 다르게 다가올까?

어떤 음악들은 몇 년을 소리 없이 잊혀 있다가 어느 시점에 우연히 들려올 것이다. 그럴 때마다 나는 어떤 기억을 떠올리게 될까?

어떤 음악은 아직 내게 찾아오지 않았지만 미래의 나에게 소중한 음악이 될 것이다. 그 음악에 묶여 있는 기억은 어떤 것이 될까?

주크박스 세포가 앞으로도 열심히 일해주면 좋겠다. 음악을 매개로 다양한 시점의 내 모습들을 기억하며 살고 싶다. 내 마음속 서재에 새로운 음악을 꽂고 또 꺼내 들으며. 이따금 잊힐 뻔한 기억을 다시 불러오며. 어딘가에 기

록해놓지 못했어도, 음악에 각인된 기억들을 시간 여행을
다니듯이 꺼내볼 수 있어서 다행이다.

⏪ 자연이 자연히 남긴 것

열 살의 정혜윤은 평일에는 서울에서, 주말에는 강원도 횡성군 갑천면 하대리의 산골에서 자랐다. 열 살부터 열네 살까지 거의 매 주말을 강원도에 있는 '홀로세 생태학교(이하 홀로세)'에서 보냈다. 홀로세는 식물과 곤충 채집, 철새 탐조, 생태학 강연 등의 체험 프로그램을 운영하는 우리나라 최초의 생태 교육관이다. 나와 내 동생은 이곳의 첫 학생들이었고, 홀로세를 운영하는 가족과 가까워지며 자주 찾게 된 것이었다. 나는 홀로세의 막내딸인 또래 친구 가영이와 단짝이 되었다. 6학년 때는 한 달 동안 홀로세에 머물면서 전교생이 여덟 명뿐이던 '금성 분교'를 다닌 특이한 이력도 있다.

가영이와 가영이의 강아지 버들이와 함께 산골의 비포장도로를 한 시간 정도 걸어가면 금성 분교에 도착했다.

정해진 시간표에 따라 우리끼리 자습을 했다. 선생님이 둘뿐이었기 때문에 6학년인 우리는 학교에서 어른 축에 속했다. 우리는 "이제 다 컸으니까" 시간표에 따른 공부쯤이야 알아서 해야 한다는 귀여운 책임감을 갖고 있었다. 하지만 단짝 친구끼리 붙어 있는데, 조금씩 딴짓으로 빠지는 건 어쩔 수 없었다. 과학 시간에는 실험을 하다가 달고나 뽑기를 만들어 먹었고, 음악 시간에는 운동장으로 나가 멜로디언을 불고 놀기도 했다. 그래도 우리를 나무라는 사람이 아무도 없었다.

붉은점모시나비

주말마다 홀로세를 다니며 자연과 친해졌다. 홀로세에서 만나는 사람들과의 대화에는 자주 들꽃과 곤충과 물고기와 철새들의 이름이 등장했다. 멸종 위기에 놓인 붉은점모시나비를 부화시켰다거나(이게 얼마나 대단한 일인지를 그곳의 모두가 이해하고 있었다), 버들치가 있는 것을 보니 물이 깨끗하다거나, 도시에서도 왜가리가 보인다거나 하는 이야기들이 오갔다. 나비 도감을 달달 외우며 청띠신선나비와 제비나비를 잡기 위해 산골을 뛰어다녔다. 계곡에서는 수영을 하다가 민물고기를 잡았다. 저녁에는 야외에서 납작한 돌판 위에 고기를 굽고 볶음밥을 만들어 먹었다. 몇 년 동안 쓰이던 그 납작한 돌은 수많은 삼겹살과 김치 볶음밥을 태운 끝에 반으로 갈라져버렸다.

청띠신선나비

인생의 대부분을 도시에서 살았지만, 인공 불빛이 뜸한 자연 속에서 뛰어놀며 자랄 수 있었던 것에 시간이 흐를수록 깊은 감사를 느낀다. 나무와 풀숲 사이로 나비를 쫓아다니고, 산골에서 뛰노는 사이 자라난 것은 자연을 사랑하는 마음만이 아니었다. 나비의 모양과 색깔에 따라, 날개에 찍힌 점에 따라 이름을 구분하며 내 안에서는 호기심과 관찰력이 커져갔다. 학교 밖의 세상은 더 거대한 미지의 학교였다. 이를 일찌감치 깨달으며 지구의 구석구석을 보고 싶다는 마음이 생겼다.

도시 사람들은 알지 못하는 이름들에 우리는 관심이 많았다. 큰멋쟁이나비, 작은멋쟁이나비, 외눈이지옥사촌나비, 옥색긴꼬리산누에나방…… 많은 이름들

옥색긴꼬리산누에나방

이 내 머릿속에서 잊혀버렸지만, 집 앞을 뛰다가 내게만 익숙한 나비와 새를 발견할 때면 여전히 반갑다. 어떤 나비가 희귀한지 알기 때문에, 보기 힘든 나비가 나타나면 내 눈은 보물이라도 발견한 양 동그래진다.

"세상 사람들, 이건 마치 어쩌다 한 번씩 나오는 희귀 포켓몬이 등장한 것과 같은 거라고요!"

누군가는 무심하게 지나칠 장면이 나에게는 목소리가 격양될 정도로 기분을 들뜨게 만드는 장면이 된다.

홀로세에 다니면서 길러진 것은 또 있었다. 역시나 이번에도 음악이다. 홀로세에서 들은 음악은 내 안의 주크박스 세포를 쑥쑥 자라게 했다. 나의 '흥'이 커다랗게 키워진 시기. 노래방집 딸이냐는 이야기를 듣게 된 것은 아마도 이 시간들 때문일 것이다.

낮에는 자연에서 뛰어놀다가 저녁에 집으로 돌아오면 도시의 아이들과 다르지 않았다. 어쩌면 더 잘 놀았을지도 모르겠다. 주말마다 산골 집에 여러 아이들이 모여 있었으니까. 시골이었기 때문에 노래를 크게 틀고 시끄럽게 해도 괜찮았다. 언니, 오빠, 친구, 동생들이 모여 그 시절 유행하던 90년대 가요를 틀고 밤새워 노래하고 춤추고 놀았다.

핑클, S.E.S., H.O.T., 신화, god는 물론이고 이정현, 샵, 19세 미만은 청취 금지였던, "집어 치워라. 닥쳐라" 욕이 난무하는 DJ DOC의 앨범까지 전부 다 커버했다.

학교에서는 학기마다 장기자랑을 했다면, 홀로세에서는 매 주말이 장기자랑이었다. 주말마다 홀로세에 가고 싶어 한 것은 자연이 좋아서이기도 했지만 이 시간들이 너무 재밌었기 때문이기도 하다. 술만 없었을 뿐, 흥이 오르면 나타나는 최근 나의 노는 모습과도 비슷하다.

차를 타고 홀로세로 향하던 시간들은 내게 소중한 기억으로 남아 있다. 강원도로 향하는 두 시간 동안 엄마는 차 안에서 좋아하는 노래를 틀었다. 주로 그 시절 유행하던 90년대 가요와 엄마가 좋아하던 80년대 후반 곡들이었다. 올드 팝 혹은 가요 컴필레이션 앨범을 틀거나 음반 가게에서 사장님이 우리의 신청곡을 담아 구워준 시디를 틀었다. 이문세, 조정현, 유재하, 장필순, 윤상, 황치훈······.

뒷자리에서는 지윤이가 자고 있고, 나는 운전하는 엄마의 옆자리에 앉아 창밖을 바라보며 흘러나오는 노래를 따라 불렀다. 열 살때부터 몸에 밴 이 습관은 20년이 넘게 흐른 지금까지도 유효하다.

"희미해지는 지난 추억 속의 그 길을 이젠 다시 걸어볼 순 없다 하여도……"

가사가 시처럼 아름다운 그 시절의 노래들을 막힘없이 따라 부를 수 있게 된 건 엄마의 취향 덕분이다. 10대 때는 가사의 뜻도 모르고 그냥 흥얼거렸다. 습관처럼 따라 부르던 곡들의 가사를 제대로 음미하게 된 것은 내게 삶의 경험이 더 쌓인 이후였다.

흔히 "많이 놀아야 한다"고 이야기하는 이유는 그게 공부가 되기 때문이다. 경험에서 우러나와 진심으로 하는 조언이다. 많이 노는 것이 남는 거라고. 그 자체로 마음이 풍요로워지고, 놀랍게도 일과 삶에 도움이 되는 때가 반드시 온다고.

자연에서 놀면서 했던 일들이 마케터이자 작가로서 힘이 되는 관찰력을 길러주었다. 친구들과 놀면서 들은 음악, 엄마가 들려준 음악은 변함없이 내 일상을 채우고 있다. 다른 사람들과 나눌 플레이리스트를 만들 때도 도움이 된다. 어린 시절의 내가 나의 어시스턴트처럼 지금의 내 옆에서 선곡을 돕는다.

더 이상 예전처럼 홀로세에서 친구들과 모여 놀 수는 없지만, 나는 여전히 가영이와 친한 친구로 지내며 종종 연락을 주고받는다. 예전과 드라이브하는 방식은 달라졌지만 요즘도 어김없이 음악을 튼다. 목적지로 향하는 길과 돌아오는 길에 음악을 들으며 창밖을 바라보는 것은 내가 늘 하는 일이다.

아직도 장롱 면허에 운전을 못하는 나의 새로운 드라이브 코스는 자전거 도로다. 융지트로 이사한 뒤로 지하철역에서 자전거를 타고 집으로 돌아온다. 서울시 공공 자전거 따릉이를 빌린 후 듣고 싶은 플레이리스트를 선택해 한강을 옆에 끼고 페달을 밟는다. 15분 정도 되는 이 시간이 요즘 내 하루하루의 하이라이트가 되었다.

머리를 휘날리며 언덕 밑으로 내려가는 그 순간도 기분이 째지지만, 눈길을 끄는 광경이 보이면 가던 길을 멈추고 그 장면을 관찰한다. 나는 시시각각 변하는 자연의 모습에 쉽게 감탄하는 능력을 가졌다. 최근 며칠만 해도 자전거를 타다가 해처럼 붉게 타오르는 달을 목격했고, 솜사탕처럼 보드랍게 생긴 분홍색 구름을 발견했다. 느릿느릿 길을 건너는 달팽이도 봤다. 서울에는 생각보다 많은 야생동물이 산다. 한강에는 갈매기와 왜가리가 날아들고, 서울의 곳곳에서 뱀부터 족제비와 오소리까지 특이한 동물과 마주친 기억이 많다. 슬로모션처럼 가지를 흔드는 버드나무와 강 위로 반짝이는 윤슬은 열심히 움직이던 발을 멈추게 만드는 단골손님이다. 나는 그 장면을 놓칠세라 습관처럼 카메라를 꺼내 찰칵찰칵 사진 몇 장을 찍고 다시 페달을 밟는다.

벽에 붙은 능소화. 흔들거리는 나무. 산책하고 달리는 사람들. 빠르게 지나가는 헬멧 쓴 라이더들. 벤치에 앉아 있는 노부부. 다리 위를 지나는 지하철. 건너편 빌딩의 불빛. 반짝이는 강. 그리고 그 배경 안에서 자전거를 타고 달리는 나. 영화 속 한 장면을 보듯 나와 거리를 두고 멀리서 자전거를 타고 가는 나를 바라본다. 흘러나오는 음악을 배경음악 삼아 내가 지나고 있는 삶의 시기를 인식한다. 더 나이가 들면 이렇게 음악 들으며 자전거 타는 시간들을 추억하게 될까 싶어서. 아직 오지도 않은 미래의 향수에 젖어 현재를 또렷이 담으려고 노력한다.

자연에서 놀던 경험이 일에 도움이 된 것은 뜻밖의 수확이었다. 하지만 그보다 더 중요한 것이 남았다. 자연에서 자라난 마음은 삶을 대하는 태도를 남겼다. 뛰어놀 수 있을 때 실컷 뛰어놀고 싶은 마음. 세상이 정의하는 성공을 위해서, 피라미드의 꼭대기를 향해 쉼 없이 달려가기보다는, 그 틈에 피어난 꽃 한 송이에, 날아든 나비에 관심을 기울이고 싶은 마음. 좋아하는 사람에게 좋아한다고 말하고, 가고 싶었던 콘서트에 찾아가고, 친구들과 깊은 대화를 나누고, 미루었던 글쓰기를 하고 싶다는, 소박하게 빛나는 마음.

나의 오늘을 내일에 빚지고 싶지 않다. 현재 내가 지나고 있는 시기가 삶에서 얼마나 가치 있는 것인지 충분하게 인지하며, 현재를 현재 모습 그대로 즐기고 싶다. 때로는 아무것도 하지 않는 것, 마음을 내려놓고 흘러가는 대로 두는 편이 더 좋다는 것을 알지만, 마음이 가는 일이라면 가급적 하지 않는 편보다는 하는 편을 선택하고 싶다. 무리하지 않고, 애쓰지 않고, 자연스럽게. 자연의 변화를 즐겁게 관찰하고, 좋아하는 음악에 단순한 기쁨을 느끼면서.

자연, 호기심 어린 눈, 음악. 이 세 가지는 평범한 일상도 특별하게 만드는 마법 같은 레시피다.

⏪ 방 안에서 모닥불을 피우는 방법

엘피를 모으기 시작한 건 우연이었다. 스물다섯 살 때 다락방에서 오래전 엄마가 쓰던 턴테이블을 발견하면서 시작됐다. '롯데전자'에서 나온 턴테이블과 오디오 세트. 과자가 아닌 전자 제품에 박혀 있는 롯데 로고가 생소했다. 엄마의 턴테이블이라니! 이런 낭만적인 일이 생기다니! 비록 고장이 나 있었지만 진심으로 신났다.

주말에 고장 난 턴테이블을 들고 종로의 전자상가로 향했다. 고치는 데만 20만 원이 든다는 사장님 이야기에 턴테이블의 바늘만을 살린 채 '아카이'라는 턴테이블을 중고로 구매했다. 갑자기 눈이 내리는 바람에 눈이 소복하게 쌓인 길을 묵직한 턴테이블을 양손으로 받치고 낑낑대며 걸어왔다. 팔이 빠질 듯 아팠지만 기분은 날아갈 것 같았다.

그때부터 엘피를 모으기 시작해 이제 10년이 넘었다.

그사이 아카이 턴테이블은 망가지고, 큰맘 먹고 '백설 공주의 관'이라 불리는 디터 람스의 브라운 턴테이블을 구매했다. 융지트에서 브라운 턴테이블과 엘피가 있는 공간은 내가 가장 좋아하는 구역이다. 엘피에 손이 닿는 모든 순간에 나는 소소한 재미와 낭만을 느낀다.

　　스물다섯 살의 나에게 엄마는 할머니 댁에서 많이 버리고도 비에 젖지 않고 살아남은 엘피 몇 장을 찾아 선물해 줬다. 100여 장의 엘피 중 반은 클래식 음반, 반은 올드 가요와 팝 음반이었다. 물려받은 엘피를 통해 내가 기억하지 못하는 엄마의 시간 속에서 에디트 피아프와 레너드 코언의 음악을 찾았다. 엄마가 나와 가까운 나이인 20대, 30대에 들었을 노래들이라고 생각하면 기분이 조금 이상했다.

　　에디트 피아프의 엘피를 올리자 익숙한 노래가 흘러나왔다. 「아뇨, 전 후회하지 않아요(Non, Je Ne Regrette Rien)」. 영화 「인셉션」에서 꿈에서 깨어나는 '킥 음악'으로 쓰였던 그 노래. 에디트 피아프의 우아한 목소리가 울려 퍼지며 갑자기 방 안의 분위기가 바뀌었다. 유명한 도입부가 나오자 '지금 이 순간이 꿈은 아니겠지' 하는 엉뚱한 상상을 하면서 팽이를 돌려볼까, 생각하고 혼자 웃었다. 엄마는 「인셉션」이 나오기 훨씬 전부터 이 노래를 들었구나, 하는 신기한 마음이 들었다.

　　레너드 코언의 엘피를 틀자 이번에는 깊고 낮은 목소리가 흘러나왔다. 기타 소리에 맞춰 저음으로 읊조리듯이 노래하는 그의 음악에 반해 오프라인에서 시작한 디깅은 온라인 디깅으로 옮겨 갔다. 구글에 '레너드 코언'을 검색해 다른 곡들도 차례차례 들어보았다. 음반 속의 젊은 남자는 온라인에서는 할아버지가 되어 있었다. 엄마의 취향을 물려받아 더 좋아하게 된 아티스트. 레너드 코언이 세상을 떠났을 때 더 아쉬웠던 이유는 내게 이런 이야기가 생겼기 때문이었다.

엄마의 손때가 묻은 엘피로 시작해서 그럴까, 엘피는 새것만큼이나 중고로 사는 것도 좋아한다. 때로는 꼭 갖고 싶었던 음반을 말도 안 되는 가격에 구할 수 있어서 더욱 그렇다. 뜻밖의 횡재는 길거리나 벼룩시장에서 엘피 판매자를 우연히 마주칠 때 자주 일어났다.

엘피를 갓 모으기 시작했을 때, 턴테이블을 고쳤던 상가 앞 거리에 엘피 몇 장을 가지고 나와 파는 아저씨가 있었다. 지금처럼 엘피가 유행하기 전, 그분에게서 들국화, 유재하, 김현식, 015B의 엘피를 장당 4천 원에 구매했다. 동묘나 회현 지하상가보다도 저렴한 가격이었다. "이 음반을 아느냐, 엘피를 모으냐"며 나를 흥미롭게 보던 아저씨는 음반 두 장을 선물로 끼워줬다. 초록 지폐 두 장으로 여러 개의 보물을 얻은 나는 히죽히죽 새어 나오는 웃음을 참으며 집으로 돌아왔다. 10년 전에 내가 엘피를 사 모은 이유는 단순하다. 시디보다 저렴했고, 디깅하는 것이 재밌었기 때문이다.

엘피를 사면 지불하는 금액보다 훨씬 더 커다란 행복을 선물받는다. 일단 음반을 고르는 과정 자체가 보물찾기 같아서 재밌다. 수십 개의 레코드판을 한 장씩 손으로 넘기며 엘피를 디깅한다. 좋아하는 아티스트의 음반을 발견해서 살 때도 있고, 아트워크가 마음에 들어서 즉흥적으로 살 때도 있다. 엘피를 사면 음악과 함께 정사각형의 커다란 아트워크도 따라온다. 작품처럼 전시해놓을 수도 있어 인테리어 효과도 덤으로 얻을 수 있다. 요즘에는 엘피판도 다양한 색으로 나와 소유욕을 더욱 자극한다. 이만큼 구매하는 순간부터 다시 꺼내볼 때까지의 설렘과 만족감을 극대화시켜주는 물건이 또 있을까?

엘피로 음악을 듣기 위한 절차는 일종의 의식처럼 느껴진다. 중고로 구매해 빛바랜 엘피일수록 조심스럽게 꺼낸다. 먼지가 붙어 있으면 닦아내고, 턴테이블에 올린 뒤, 앰프의 전원 버튼을 누른다. 턴테이블의 바늘을 올리고 조

금 기다리면 노래가 흘러나온다. 오래된 엘피는 노래가 시작되기 전에 모닥불 타는 듯한 타닥타닥 소리가 난다. 나는 이 소리를 무척 좋아한다. 잔잔한 빗소리 같은 화이트 노이즈가 함께 들리는 것이 좋다. 동그란 판 위에 나이테처럼 음악이 새겨져 있는 건 아무리 봐도 불가사의하다. 몇 번이고 원리를 검색해봤지만 아직도 정확히 이해되지는 않는다. 어쨌건 빙글빙글 돌아가는 엘피판을 보면 왠지 모르게 마음이 편안해진다.

버튼 하나로 뭐든지 쉽고 빠르게 시간을 단축시킬 수 있는 시대에 엘피로 음악을 듣는 일은 느리고 번거롭다. 하지만 음악을 듣기 위한 이 수고스러운 절차는 시간을 삭제시키는 대신 시간을 느끼게 만든다. 부지런히 손을 움직이는 동안 몸과 마음이 음악을 듣기 위한 자세로 천천히 세팅된다.

우리는 더 많은 시간을 확보하기 위해 노력한다. 제품이나 서비스를 이용할 때 속도가 빠를수록 좋아한다. 아이러니한 건 시간을 아끼기 위해 빨리빨리 하는 모든 것들이 오히려 시간을 놓치게 만든다는 점이다. 형광등보다 아른거리는 촛불이 낭만적인 것처럼, 새하얗고, 빠르고, 효율적인 것보다 빛바래고 오래된 것, 운치 있고 느린 것과 함께 있을 때 여유를 되찾는다. 낭만은 시간을 단축시키지 않고 시간에 머무를 때 찾아온다.

재생 버튼만 누르면 원하는 음악을 틀 수 있는 세상이지만 그래도 조금은 오래 걸리고 불편한 아날로그가 좋다. 수고스럽게 시간을 들여야만 하는 아날로그에는 디지털이 주지 않는 분명한 낭만이 있다. 효율적으로 시간을 보낼 때보다 낭만적으로 시간을 낭비할 때 시간을 잘 쓰고 있다는 생각이 든다.

곰곰이 따져보면 나의 모든 리추얼은 아날로그에 가깝다. 음악을 틀기 위해 구글 홈 미니와 같은 최신 장치를 온라인에 연결해두고 있긴 하지만, 노트에 연필로 글을 쓰고, 식물에 물을 주고, 꽃을 사 오고, 피아노를 치고, 자전거를 타고, 달리기를 하는 여러 리추얼의 공통점은 온라인 세상에서 벗어나게 해준다는 것이다.

내가 나를 위해 만드는 수고스러운 시간만큼 나는 현재를 되찾는다. 엘피를 턴테이블에 올리는 작은 의식을 치른 뒤 음악이 흘러나오면 내 방은 그 즉시 나를 위한 아지트로 탈바꿈한다.

세상을 자유롭게 돌아다니는 집시처럼 바다가 보이는

모래사장 위에 모닥불을 피우지는 못하더라도, 매일같이 모닥불 주변을 돌며 노래를 부르지는 못하더라도, 엘피를 조심스럽게 턴테이블에 올리며 방 안에서 타닥타닥 나만의 모닥불 소리를 만들어낼 수 있다. 흘러나오는 음악으로 어디로든 떠날 수 있다.

서울을 사랑하는 서울 토박이로서 도시의 즐거움을 한껏 만끽하고 있는 나는 이렇게 또 내게 필요한 만큼의 낭만을 충전한다.

⏪ 악기라는 리추얼

내게는 이야기를 꺼내면 열에 아홉은 피식하고 웃는 색다른 이력이 있다. 나는 열 살 때부터 6년간 '한국 청소년 리코더 합주단'의 단원이었다. 리코더 합주단? 그런 게 있어? 하고 웃는 사람이 대다수. 그럼 나는 따라 웃으며 리코더의 반전 매력을 전파한다. 이건 몰랐지? 하면서.

문방구에서 손쉽게 구할 수 있을 만큼 리코더는 우리에게 친숙한 악기다. 그렇다고 초딩 악기라고 무시하면 곤란하다. 알고 보면 나무로 만들어진 것도 있고, 가격도 종류도 천차만별이다. 사람 몸만 한 크기의 베이스 리코더도 있고, 손바닥만 한 크기의 조그마한 소프라니노도 있다. 다른 악기들보다 '간지'는 안 날지도 모르지만 나는 반짝거리는 플루트보다도 자연을 닮은 리코더 소리를 좋아한다(참고로 나는 플루트와 리코더를 둘 다 연주한다).

한국 청소년 리코더 합주단에서 활동하며 정기적으로 공연을 했다. 리코더 합주단은 내 방학 생활의 커다란 부분을 차지했다. 「리코더는 내 친구」라는 음반을 녹음하고, 여름이면 합숙 캠프를 했다. 캠프에 들어가면 보름 내내 아침부터 저녁까지 리코더만 불었다. 그때는 눈을 감아도 악보가 보이고, 흰색 벽만 봐도 음표가 아른거렸다. 하루 중 가장 많은 시간을 악기를 연주하는 데 보냈던 그때만큼은 나도 꼬마 뮤지션이었다.

합주단은 초등학생부터 고등학생까지 다양한 연령대의 어린이와 청소년으로 구성되어 있었다. 리코더를 불면서 여러 개의 소리가 한데로 모여 화음이 맞을 때의 즐거움을 배웠다.

우리는 캠프에서 몇 시간이고 지휘자의 통솔에 맞춰리코더를 불었다. 베이스, 테너, 알토, 소프라노로 나눠서각각 연습하고 다시 맞춰보기를 반복했다. 나는 어떤 곡에서는 알토를, 어떤 곡에서는 소프라노를 불었다. 악기를 변경할 때의 그 묘한 뿌듯함이란. 극중 중요한 역할을 맡은사람처럼, 곡 하나가 끝나면 소프라노 리코더를 의자 밑 가방에 넣고, 조금 더 큰 알토 리코더를 꺼냈다. 프로 음악가의 마음으로 분주하게 움직였다.

공연 당일. 무대에 차례대로 입장해 자리에 앉는다. 지휘자가 손을 들면 악기를 입으로 가져가 연주할 준비를 마친다. 첫 곡을 불기 전의 긴장감. 악보를 넘기며 연주할 때 내가 이 곡에 기여하고 있다는 기쁨. 연주가 끝났을 때 들려오는 박수 소리. 자리에서 일어나 관중을 바라보며 인사를 하고, 앙코르곡을 연주할 때의 아쉬움과 안도감. 공연 후 대기실로 돌아와 서로에게 고생했다고 말한 뒤의 뿌듯함. 무대 위에서의 수많은 감정을 리코더 합주단에서 활동하며 처음으로 경험했다.

그 이후로도 계속 새로운 악기에 도전했다. 아빠의 일 때문에 2년간 미국으로 건너가 고등학교를 다닐 때는 플루트를 배워 고적대에 들어갔다. 동네 미식축구 경기장에서 하프타임마다 공연을 하고, 동네에서 거리 행진을 했다. Left, left, left, right, left. 장난감 병정 같은 옷을 입고 군인처럼 구령에 맞춰 절도 있게 움직였다. 드럼 라인의 소리에 맞춰 다리는 꼿꼿하게 편 채로 움직이다가 90도로 좌우로 틀고, 90도로 팔을 꺾으며 플루트를 연주했다.

고적대 멤버 몇 명이 모여 관악기로만 이루어진 윈드 앙상블 활동도 함께 했다. 나는 세컨드 플루트였다. 세컨드 플루트는 솔로로 연주하는 퍼스트 플루트를 뒷받침하는 역할을 한다. 여러 명의 플루트 멤버들 중에서 세컨드 플루트로 연주를 하는 것에 자부심이 있었다. 그만큼 연주에 자신이 있었다. 미국에서 초기에 말이 잘 통하지 않아 답답했던 마음을 합주하고 공연하며 많이 해소했다. 혼자가 아닌 여러 명이 함께 만들어내는 결과엔 늘 뭉클한 감동이 있었다.

고등학교 2학년 때 한국에 돌아온 뒤에는 기타를 배웠다. 기타를 배우고 싶다고 생각한 이유는 단순하다. 영화 「프리키 프라이데이」 속 기타 치는 린제이 로한이 멋있고 쿨해 보여서. 멋. 그게 유일한 이유였다. 밴드에서 기타를 치는 여자 멤버가 되고 싶었다. 그래서 고3 때도 일주일에 한 번은 기타 학원에 다녔다. '드라이브'라는 밴드 동아리에 들어가 학교 축제에서 공연을 했다. 고등학교를 졸업한 직후에는 홍대 라이브클럽을 빌려 우리만의 공연을 열었다.

첫 공연에서 너무 긴장한 나머지 그린데이의 「배스킷 케이스(Basket Case)」를 완전히 망쳐버렸다. 보컬 친구와 밴드 멤버들에게 너무 미안해서 공연이 끝나고 내가 다 망쳤다며 펑펑 울었다. 다행히 밴드 친구들의 배려로 두 번째 공연에서 그 기억을 만회할 수 있었다. 우리는 남자 버전의 「배스킷 케이스」를 여자 버전으로 바꿔 연주하고 불렀다. 같이 밴드를 한 친구들과 mp3를 나눠 들으며 서로의 음악 취향을 공유했다. 주말에는 연습실을 빌려 인큐버스, 오아시스, 자우림 등 밴드들의 노래를 합주했다. 밴드를 하면서 나는 자연스럽게 록 음악을 좋아하게 됐다.

이 경험을 토대로 대학교에서도 종종 친구들과 기타를 치고 놀았다. 서로 바빠지면서 합주하는 시간은 점점 줄어들었고, 집에서 조용히 혼자 연주하는 시간이 많아졌다. 그때부터 지금까지 방에서 이따금 기타를 치며 노래를 부르는 것이 나의 오래된 취미 생활이다.

밴드에서 일렉 기타를 친 것은 머릿속에 그려본 나의 모습을 처음으로 실현한 경험이었다. 내가 기타를 칠 수 있을까? 자기 의심으로 출발했던 도전은 내가 이런 것도 할 수 있구나, 하는 작은 성공의 경험을 남겼다.

처음부터 모든 것을 잘하는 사람은 없다. 간혹 그런 천재가 등장하긴 하지만, 기본적으로 악기는 꾸준함이 빛을 발하는 영역이다. 연습하는 만큼 실력이 느는 것이 정직해서 좋다. 시간을 쏟을수록 조금씩 느는 것이 음악으로 드러난다. 느리게 연주하던 곡을 점차 원래 템포대로 연주할 수 있게 된다. 연주할 줄 모르던 곡이 연주할 줄 아는 곡이 된다.

아무리 연습해도 실력 향상이 더딘 악기가 있는 것도 인정한다. 각자에게 맞는 악기가 있다. 나는 피아노와 기타보다 플루트, 리코더 같은 관악기에 소질이 있었다. 관악기는 실력이 빠르게 느는 반면, 피아노와 기타는 마음처럼 되지 않았다. 그래도 연습하면 할수록, 더디더라도 점차 나아지는 것은 부정할 수 없는 사실이다.

융지트에 들어온 뒤 피아노를 연습하기 시작했다. 어디 콩쿠르에 나갈 것도 아니니 무료할 때, 머릿속이 복잡할 때, 잠시 쉬고 싶을 때 악보를 펴고 건반을 두드렸다. 버벅대며 치던 곡을 몇 날 며칠 연습한 끝에 처음부터 끝까지 물 흐르듯이 칠 수 있게 되었다.

생각해보면 악기를 연습하고 연주한 경험은 무엇이든 배우고 도전하고자 하는 태도를 만들어줬다. 할 수 없던 일이 할 수 있는 일이 되는 과정. 악기를 배우며 본능적으로 이 도전의 과정을 즐기게 된 것 같다. 나를 가두고 있던 하나의 틀을 깨고, 몰랐던 세계를 발견하며 나의 경계를 넓혀가는 작업이 즐겁다. 아무것도 할 줄 모르던 0에서 출발해, 배우고 연습하고 점차 나아진다. 이게 되네? 하고 스스로에게 놀라는 경험이 쌓이며 삶에서 크고 작은 도전을 이어나간다.

악기를 연주하는 것은 그 자체로 하나의 리추얼이다. 그 순간에 몰입하게 되기 때문이다. 영화 「소울」에는 음악에 심취한 나머지 무아지경에 빠져 자기도 모르게 영혼의 세계에 접속한 사람들의 모습이 나온다. 음악에 푹 빠지는 순간, 눈을 감고 다른 차원으로 들어가는 듯한 신비롭고 아름다운 경험이 간간히 찾아온다.

그러니 배워보고 싶은 악기가 있다면 도전해보면 좋겠다. 부담이 된다면 리코더나 우쿨렐레처럼 가벼운 악기로 시작해보면 어떨까? 하루만 연습해도 간단한 곡을 연주할 수 있다. 하루아침에 할 수 없었던 일이 할 수 있는 일로 바뀌는 것이다.

손을 움직여 공기 중으로 음악이 흐르게 만드는 작업은 내면의 어린아이를 신나게 한다. 어설픈 소리도 소리니까, 소리를 내는 순간만큼은 내가 그 소리의 주인인 음악가다.

⏮ 열과 성을 다해 사랑하는 마음

23. 35. 07. 27. 48. 노랑. 파랑. 빨강. 초록. 주황.

이 숫자와 색깔이 무엇인지 어떤 사람들은 0.1초 만에 알아차릴 것이다. 아는 사람들에게는 식은 죽 먹기인 정보. 나에게는 쉽고 당연한 이 정보가 어떤 사람들에게는 그렇지 않다는 사실을 깨달은 것은 불과 3년 전이었다. 동료가 H.O.T.의 공연 클립 영상을 제작하게 되어, H.O.T.에 관해 아는 것을 모두 알려달라고 부탁한 것이다.

"이건 알죠? 각 멤버들의 숫자랑 색깔."

"제가 그걸 어떻게 알아요."

나는 놀라서 정말 모르냐고 물었고, 동료는 그런 내가 재밌다는 듯 허탈하게 웃었다. 위 숫자와 색깔은 H.O.T. 멤버별 숫자와 색상이다. 정렬은 생년월일순. 이건 정말 기본 중의 기본이라며, 그래서 내 아이디 끝에는 0735가 붙었다며, T 옆에는 무조건 점을 찍어야 한다며 이야기보따리를 푸는 나를 보면서 팬이 아니었던 사람들은 이렇게 말했다.

"너 정말 덕후였구나."

"아니, 이건 정말 기본적인 거라니까요."

H.O.T.는 내가 푹 빠져 열광했던 나의 첫 번째 덕질의 대상이었다. 공부를 할 때도, 친구들과 놀 때도 앨범을 끼고 살았다. 방바닥에 엎드려 이어폰을 끼고 가사집의 모서리가 닳도록 보며 전곡을 다 외웠다. 이건 여기서 처음 밝히는데, 조정현의 「그 아픔까지 사랑한 거야」와 휘트니 휴스턴의 「그레이티스트 러브 오브 올(Greatest Love of All)」, 리처드 막스의 「라잇 히어 웨이팅 포 유(Right Here Waiting for You)」를 처음 알고 좋아하게 된 것도 강타가 커버곡으로 불렀기 때문이다(조정현의 「그 아픔까지 사랑한 거야」는 내가 몇 년째 겨울마다 찾아 듣는 곡이다).

중학교 시절 점심시간이면 친구들이 녹화해 온 인기가요 테이프를 틀었다. 친구들과 H.O.T.의 무대를 함께 볼 때면 자칭 우혁 부인, 승호 부인인 친구들과 열광했다. 특히 「환희」가 흘러나오면 우리는 미친 듯이 소리를 질렀다. 전주부터 소름. 휘파람이 나오는 부분부터 우리가 가장 사랑하는, '고미사영'으로 유명한 응원 구호를 외쳤다.

H.O.T. H.O.T. 고마워요 H.O.T.

H.O.T. H.O.T. 미안해요 H.O.T.

H.O.T. H.O.T. 사랑해요 H.O.T.

H.O.T. H.O.T. 영원해요 H.O.T.

우. 린. 하. 나. H.O.T.

"대체 어디 있어 내 곁에서 떨어져서……."

응원이 끝나자마자 나오는 이 랩. 크……. 몇 년 후 H.O.T. 재결합 콘서트에서 이 노래를 함께 부를 때의 소름 돋는 기분이란. 그 시절의 내가 옆에 있는 것 같아서, 나와 같은 기분을 느끼고 있을 수만 명의 흰색 군단과 함께 울면서 노래했다. 우는 내가 웃기면서도 그냥 너무 행복했다.

클럽 H.O.T.인 친구들과 선후배들 사이에는 연대감이 존재했다. 당시 강북 학교에서는 교복 셔츠를 딱 달라붙게 줄여 입고, 치마는 펑퍼짐하게 수선해서 입고 다니는 것이

유행이었다. 옷을 이렇게 입는 것이 '문제아'의 확실한 증거인 양 학교에서는 이를 단속하고 학생들을 나무랐다. 사이즈가 맞는 교복이 없어서 어쩔 수 없이 교복을 줄여 입고 다니던 나는 등굣길마다 긴장해야 했다. 걸릴 때마다 "교복이 너무 커서 엄마가 수선해준 것"이라고 설명해야 했다. 그러다가 H.O.T. 팬인 학생부 친구를 사귀게 되며, 삶이 조금 더 편해졌다. 내 사정을 전부 알고 있던 친구가 눈치로 나를 몰래 들여보내준 것이다.

팬인 친구들은 함께 덕질할 다른 친구들을 소개해주곤 했다. 다른 반 친구여도 똑같이 H.O.T.를 좋아한다는 이유로 금방 친해졌다.

"인사해. 혜윤이는 장우혁이랑 토니 좋아해. 오리는 강타 팬이고."

좋아하는 멤버가 겹치지 않는다며 안도의 숨을 내쉬고, 하굣길과 주말에 팬클럽 활동을 함께 했다. 친구들을 따라 팬들이 직접 제작한 굿즈를 파는 행사에도 찾아가고, 엠넷 무대 앞에도 찾아갔다. 온라인 카페에서 만난 친구, 언니들과도 대학로에서 만나 노래방에 간 적이 있다. 그때는 세 시간 내내 H.O.T. 노래만 불렀다.

잡지에서 좋아하는 멤버가 실린 페이지를 잘라 나눠

가지고, 하드보드지로 필통을 만들어 장우혁과 토니 사진으로 도배했다.

2000년대 초반 드림콘서트 관객석을 가득 메운 흰색 군단 속에 나도 있었다. 인터넷이 그렇게 발달되지 않았던 시절. '안 나올지도 모른다'는 소문이 있었지만 팬들은 '혹시나' 하는 기대를 안고 콘서트장을 찾았다.

"함께 있는 것이 좋아 널 사랑한 거야. 날 바라보는 너의 눈빛이 따사로와."

흰색 우비를 입고 흰색 풍선을 흔들며 무대를 기다리는 내내 H.O.T. 노래를 불렀다. 그날 H.O.T는 나오지 않았지만, 몇만 명이 부르는 떼창의 짜릿함을 난생처음 느꼈다. 정작 내 가수는 무대 위에 나오지도 않았는데 눈물이 왈칵 쏟아질 것 같았다.

H.O.T.가 해체하던 날 우리 반은 눈물바다였다. 해체 소식에 충격을 받은 우리는 세상이 떠나갈 것처럼 울었다. 종종 아프다고 조퇴를 해 공연장에 다니던 골수팬 친구는 울다가 쓰러질 정도였다. 나는 내가 왜 우는지도 모르면서 울었다. 해체한다는 사실도 슬펐지만, 지금까지 H.O.T. 팬으로서 쌓아온 추억들이 한순간에 끝난 것 같아 서러운 마음

이 가장 컸던 듯하다.

그 이후로 내가 그렇게까지 열광한 아이돌은 없다. 물론 SM 팬이었던지라 이후로도 신화와 보아의 시디를 모으고, 고3 때도 신화 콘서트장을 찾아가곤 했지만 H.O.T.만큼 푹 빠져든 아이돌은 없다. 대신 내게는 덕질의 재주가 남았다. 무언가에 한번 꽂히면 무섭게 파고드는 능력. 남들이 나를 어떻게 보든 크게 신경 쓰지 않고 좋아하는 마음에 집중하는 힘.

최근 들어 부쩍 프리랜서로 일하는 방법과 브랜딩 관련 강연을 많이 하고 있다. 클래스 101에서 온라인으로 진행하는 '회사 안에서도 밖에서도 나를 브랜딩하며 독립적으로 일하는 법' 수업을 비롯해 강연 때마다 내가 가장 자주 하는 말이 있다. 최근 어느 고등학교에서 1~2학년 학생 200명을 대상으로 기조연설을 할 때, 학생들이 가장 크게 반응했던 문장들이기도 하다.

"좋아하는 마음을 절대 놓지 마세요. 덕질을 하고 있다면 계속하세요. 덕질은 인생에 유익하거든요."

친구와 함께 누군가를 좋아하고 응원하는 즐거움. 함께 노래를 부르며 열광하는 시간들. 우리끼리만 알게 되는 사소한 문화와 디테일. 바라는 것 없이, 그저 순수하게 좋아하는 마음으로 뭔가에 푹 빠져본 경험은 그 자체로 크고 확실한 행복이었다. 같은 대상을 좋아하며 팬들끼리 만들어가는 그 세상 안에는 이미 수많은 의식 또한 자리 잡혀 있다. 응원법부터 팬들에게 의미 있는 기념일을 축하하는 의식까지.

꼭 아이돌 덕질이 아니더라도, 하나의 분야에 몰입하고 파고드는 경험은 우리에게 깊은 즐거움을 남긴다. 덕질은 좋아하는 마음의 농도가 짙어야만 할 수 있는 일이다. 다양한 감정을 불러일으키며 일상의 활력소가 된다. 그래서 나는 앞으로도 평생 덕후로 살 예정이다. 덕후가 아닌 것보다 덕후인 편이 훨씬 더 재밌으니까! 좋아하는 것이 많을수록 '성덕'의 경험이 이어지니까. 위대한 덕질 포에버!

⏪ 가자, 전자음악의 세계로

내가 전자음악의 세계에 빠지게 된 것은 8할이 효주 언니 때문이다. 나의 첫 직장이었던 뉴욕 광고 회사에서 효주 언니를 처음 만났다. 나는 주니어 카피라이터였고, 언니는 디자이너로 같은 크리에이티브 팀에서 일했다. 같은 팀에서 자주 야근을 하며 함께 광고를 만들어서 친해지기도 했지만, 언니의 취향을 고스란히 흡수하는 것이 즐거웠다. 우리는 자주 우주 이야기를 하며 감동을 나누곤 했다. 지구에 소행성이 떨어졌을 때 지구의 파편과 소행성의 파편들이 뭉쳐 달이 생겼다는 이야기를 하며 이상하게 감동적이라고 함께 울먹거린 적도 있다.

　　나는 언니의 취향을 존중하고 동경했다. 언니는 내가 알고 싶은 세계를 나보다 한발 앞서 깊이 알고 있는 사람이었다. 언니가 가자는 대로 따라가보면 그곳은 신세계였고,

그냥 너무 재밌었다. 뉴욕에는 20~30달러를 내고 볼 수 있는 좋은 공연이 넘쳐났다. 확고한 취향을 가진 언니를 따라 좋아하는 디제이의 음악을 라이브로 듣기 위해 수많은 공연과 클럽을 찾아다녔다. 전자음악을 들으면 머릿속에 우주가 펼쳐졌다. 우주선을 타고 탐험을 하고, 은하수를 가로지르며 달리는 기분이 났다. 우주를 떠올리며 음악을 듣고 춤을 추면서 자연스럽게 전자음악의 세계로 빠졌다. 그 세계의 언더그라운드 아티스트들을 디깅하게 되었다.

이게 벌써 10년도 더 된 이야기다. 그사이 나는 내 나름의 디깅을 계속했고, 여러 아티스트들의 공연을 찾아다녔다. 다양한 음악 데이터가 축적되어 일로도 연결되는 경험을 하고 있다. 한편 언니는 자기만의 우주와 음악의 세계를 계속해서 파고들었고, 현재는 유럽과 한국에서 미디어 아티스트로 활동하고 있다.

2021년부터는 전자음악으로 나의 세계가 한층 더 넓어지는 경험을 했다. 디제이 친구 슈보스타에게서 디제잉을 배우고, 직접 디제잉을 해보게 된 것이다. 버닝맨에 다녀왔다는 공통점으로 친구의 소개를 통해 슈보를 알게 되었다.

슈보를 두 번째 만나던 날, 이태원에 위치한 서울 커뮤니티 라디오(SCR)에서 처음으로 슈보가 음악을 트는 것을 보게 되었다. 그곳에서 나는 슈보의 팬이 되었다. 일단 그날 파티 제목이 내 취향이었다. '칼 세이건과의 일요일 (Sunday with Carl Sagan).'

나는 칼 세이건의 보이저호와 창백한 푸른 점을 타투로 새기고, 다큐멘터리 「코스모스」를 다시 돌려 보고, 옹지트에 칼 세이건의 그림을 걸어두고, 그와 관련된 책을 여러 권 가지고 있을 정도로 그를 좋아한다.

제목을 누가 붙였냐는 나의 질문에 슈보는 자신이 붙였다고 답했다. 그때 슈보는 「2001 스페이스 오디세이」에 나오는 인공지능 컴퓨터 HAL 9000 티셔츠를 입고 있었다. 우주 덕후로서 관심을 가질 수밖에 없었던 또 다른 우주 덕후였다.

점점 더 이 사람에게 호기심이 갈 때 슈보가 음악을 틀기 시작했다. 진심으로 좋았다. 우주를 닮은 음악이었다. 슈보는 자신의 음악을 코스믹 디스코(Cosmic Disco)라고 소개하고 있었다. 그날 이후로 슈보가 음악을 틀 때마다 찾아갔고, 우리는 자연스레 좋아하는 것들을 나누는 친구 사이가 되었다.

2021년 초에는 슈보에게 디제잉을 배웠다. 디제잉을 배우면서 접하는 음악의 세계는 또 달랐다. 디깅 방식도 조금 달랐다. 그렇게 음악을 열심히 찾아다녔는데 아직도 모르는 것, 배워야 할 것이 이토록 많다는 게 즐겁다. 슈보에게서 학생들이 자기 취향과 색을 찾는 데 꽤 오래 걸리기도 한다는 이야기를 들었다. 내 경우에는 전자음악을 열심히 들으며 신나게 놀았던 지난 경험이 엄청난 도움이 되고 있다. 음악 들으며 춤추러 다닌 그 모든 시간들이 도움이 되는 일이라니.

내가 가져간 곡들을 슈보가 듣고 나름의 분석을 해준 적이 있다. 장르적으로는 일렉트로니카와 딥 하우스, 인디 댄스가 많다. 내가 듣기에는 우주와 숲을 닮은 음악이다.

디제잉을 배우면서 디제잉도 음악으로 이야기를 짜는 일이란 걸 알게 되었다. 슈보가 해외로 떠나고 스튜디오 남산에서 추가로 수업 신청을 했다. 이전부터 팬으로 여러 번 공연을 보러 다녔던 디제이 디구루 님에게 수업을 듣고 있다.

두 선생님에게 디제잉을 배우면서 디제이들의 믹스세트를 더 적극적으로 찾아보게 되었다. 디제잉 앞에서 관객들이 터지는 포인트를 패턴으로 인식해 듣게 됐다. 장르의

패턴과 리듬에 변화가 느껴질 때마다 관객들은 환호성을 지르며 터진다. 그냥 흘러나오는 음악이 좋아서 터진 것이 아니라 열 번째 곡을 위해 1번 곡부터 9번 곡까지 디제이가 촘촘히 쌓은 설계였을 수도 있다는 것을 새롭게 인식하게 됐다. 보이지 않던 것이 보여서 신이 난다. 디제잉을 배우며 또 다른 형태로 음악을 즐기게 되었다.

새로운 세계를 열어준 슈보 덕분에 디제잉을 하는 다른 친구들과 서울 커뮤니티 라디오에서 종종 디제잉을 하고 있다. 2021년 9월에는 멕시코의 홀복스섬에서 디제잉을 하는 신기한 경험도 했다. 내가 선곡한 음악에 맞춰 몸을 흔드는 사람들을 보고 있으니 생소하면서도 신이 났다.

좋아하는 음악을 디깅하고 모아 순서를 정하고, 음악과 음악 사이를 연결해 하나의 흐름이자 이야기를 만드는 디제잉이 재밌다. 이렇게 찍어둔 하나의 점이 나중에는 또 어떻게 연결되고 나를 어디로 데려다줄까. 탐험가의 마음으로 모든 과정을 즐겨보려고 한다.

3장

음악으로
나를
만나다

◼ 음악과 창문멍

열일곱 살의 나는 은은한 펄이 들어가 파란빛으로 반짝거리던 내 파나소닉 시디 플레이어를 보물처럼 아꼈다. 학교를 마치고 내 방으로 돌아오면, 매 순간이 즐거운 나만의 리추얼이 시작되었다. 침대 머리맡에 있는 노란색 램프를 켜고, 침대 바로 오른쪽에 위치한 창문의 커튼을 활짝 열어 젖혔다.

듣고 싶은 곡을 담아둔 시디를 조심스럽게 플레이어에 넣고 찰칵 소리가 나게 닫았다. 재생 버튼을 누르면 시디가 돌아가는 소리와 함께 음악이 흘러나왔다. 이제 침대에 누워 창밖으로 보이는 하늘을 구경할 차례였다.

창밖으로 보이는 하늘은 어떤 모습이든 좋았다. 음악이 방 안의 공기를 가득 채우면, 다양한 모습의 하늘이 제각각의 방식으로 사랑스러웠다. 맑으면 맑은 대로, 흐리면

흐린 대로. 비가 오면 노래와 빗소리가 섞여 방 안은 낭만적인 분위기로 바뀌었다. 맑은 날에 뭉게구름이 보이면 애니메이션 「마리 이야기」에 나왔던 마리와 함께 구름 위로 올라가는 상상을 했다. 먹구름이 빠르게 움직이는 날이면 구름이 아니라 우리 집 전체가 움직이고 있다는 상상을 했다. 그렇게 매일 방 안에서 구름 위를 날았다.

매일같이 몇 시간이고 노래를 들으며 누워 있었다. 음악과 함께 멍때리는 시간들이 쌓여 '현재의 나'와 '앞으로의 나'에 대해 처음으로 제대로 인지하기 시작했다. 깊은 곳에 웅크리고 있던 생각들이 고삐를 풀고 나와 마음대로 방 안을 둥둥 떠다녔다. 열일곱 살의 나는 태어나서 처음으로 진지하게 '나'라는 사람과 '내 인생'에 대해 곱씹어보기 시작했다. 내 인생을 만들어가는 건 나구나. 그 당연한 말이 충격적으로 다가왔던 시기. 기타를 배우고 싶으면 배우자는 결심을 한 것도 이때였다.

돌이켜보면 이 시기에 나는 머리가 많이 자랐다. 나만의 공간과 내가 만들어낸 작은 의식 안에서 의도치 않게 내면을 들여다보는 연습을 했다. '마음챙김'이 뭔지도 잘 모르면서 일종의 명상을 했던 것 같다. 그건 내가 내 손으로 만들어낸 가장 작은 형태의 평화였다. 내가 나를 인지하고, 나를 들여다보는 것. 내가 나로서 존재하는 것. 혼자만의 힘으로도 충분한, 지금도 여전히 연습 중인 가장 작은 형태의 평화.

가끔 일상 속에서도 마음의 여유를 찾으며 조용히 미소를 짓게 되는 순간이 찾아온다. 요가를 마치고 사바사나 자세로 매트 위에 누워 있을 때. 오래된 가게에서 시간 여행을 하는 듯한 기분이 들 때. 봄이 올 무렵 거리에서 라일락 향기가 느껴질 때. 좋아하는 카페에서 커피를 시켜놓고 책을 읽을 때. 주로 혼자 있을 때 현재에 머무르는 작은 순간, 마음속에 정적인 평화가 찾아왔다.

모닥불을 멍하니 바라보는 불멍, 식물을 바라보는 식물멍이 있듯이, 열일곱 살의 내가 그랬듯 여전히 나는 음악을 틀어두고 '창문멍' 하기를 좋아한다. 창문 밖을 볼 수 있는가 없는가에 따라 나의 기분은 확연하게 달라진다.

창밖 풍경은 고정되어 있지 않고 늘 변한다. 계절과 날씨에 따라. 시간의 흐름에 따라. 책을 읽고 글을 쓸 때도 창문 가까이서 하는 게 더 좋다. 가만히 바라볼 수 있는 풍경이 있으면 현재에 머무르는 순간이 배로 즐거워진다.

고등학생 때부터 즐겨 하던 이 의식은 좋은 집을 판단하는 나의 기준에도 영향을 미쳤다. 창문 밖으로 어떤 광경이 보이는지가 중요하다. 대단한 광경이 아니어도 넋을 놓고 쳐다볼 수 있는 자연이 있으면 된다. 시시각각 변하는 하늘이나 나무 한 그루만 있어도 충분하다.

집에서뿐만 아니라 움직이는 공간에서도 창밖을 보며 멍때리길 좋아한다. 특히 좋아하는 건 비행기 창으로 밖을 내다보는 것이다. 가능하면 무조건 창가 자리를 예약해 틈이 날 때마다 창밖을 바라본다. 멀리 보이던 구름은 가까이서 보고, 가까이서 보이던 도시는 멀리서 본다. 해가 질 때쯤 길게 뻗은 지평선이 물드는 걸 본다.

밤하늘을 날 때면, 얼굴을 창문에 찰싹 붙이고 좀처럼 떼지 못한다. 장거리 비행을 할 때, 기내 조명이 모두 꺼지고 나면 창밖으로 생각보다 많은 별을 볼 수 있다. 평생 발디딜 일 없을 것 같은 광경이 보일 때도 있다. 여긴 어디지 싶은 지구의 어딘가를 내려다본다. 녹색이 보이지 않는 붉은 땅. 꼬불꼬불한 강. 눈 덮인 봉우리. 하늘 위에서 내려다보는 지구의 모습은 때때로 어느 외계 행성처럼 생소하게 느껴진다.

그 광경 위를 날아가며 들뜰 때면 새삼스럽게 매번 느끼는 게 있다. 비행기 안에 창밖을 보는 사람이 나 말고는 없다는 것. 대부분의 승객은 잠을 자거나 영화를 본다. 이착륙할 때가 아닌 이상 그들은 바깥에 어떤 풍경이 펼쳐지는지, 어디를 지나고 있는지에 큰 관심이 없다.

그럼 나는 늘 비슷한 상상을 한다. 만약 우리가 미지의 행성으로 향하는 비행기를 타고 있는 거였다면, 그리고 그 행성을 한 바퀴 도는 티켓을 산 거였다면. 이 행성이 어떻게 생겼는지 조금이라도 더 보기 위해 사람들은 창문으로 몰려들었을 것이다. 지금 보이는 것과 똑같은 창밖 풍경이 보였어도 사람들은 카메라 셔터를 누르며 감탄했을 것이다. 아름답다고. 신비롭다고.

'지구'가 아니라 '쉽게 볼 수 없는 외계 행성'이었다면 같은 장면을 봐도 신기해하지 않았을까. '쉽게 볼 수 없는 것'이 '쉽게 볼 수 있는 것'으로 바뀌는 순간 우리는 아이러니하게도 잘 보려고 하지 않는다.

심미안. 아름다움을 살펴 찾는 안목.

보는 눈을 가진다는 건, 흘려 보는 것이 아니라 '살펴 찾는' 일이고, 자신에게 아름다움이란 어떤 의미인지를 정의하는 일이다. 아름다움은 단지 보기 좋게 예쁜 것과는 다르다. 꼭 거창한 무언가에만 있지도 않다. 오히려 내가 음악을 들으며 창밖을 바라보는 그 소소한 순간 속에 있다. 아름다움이란, 누군가는 지나칠 만한 사소한 디테일이 소중해지는 것이다. 누군가에겐 평범한 것이 나에겐 특별해지는 것이다.

아름다움을 살펴 찾는 일은 사랑에 빠지는 과정과 유사하다. 사랑하면 더 알고 싶어지고, 별것도 아닌 그 사람의 작은 특성 하나하나가 궁금해지지 않는가. 그만이 가진 고유의 디테일 하나하나가 특별한 이유도 없이 다 사랑스러워 보인다. 어떤 방향으로 자꾸 몸과 마음이 이끌려서 더 알고 싶어지는 마음. 그 마음에 따라 별수 없이 푹 빠져버리는 것. 결국 안목도 열심히 사랑해본 사람에게, 시간을 들여 마음을 쏟아본 사람에게 생기는 것이다.

음악을 들으며 창밖을 바라보는 의식을 치르는 동안 나는 계절과 시간의 변화를 감지한다. 그리고 꼬리에 꼬리를 물고 이어지는 내 머릿속 생각들을 관찰한다. 이렇게 축적된 작은 순간들이 나의 뿌리를 단단하게 만든다. 음악의 힘을 빌려 구름 위를 날면서 하루의 사소한 기쁨을 늘려나간다.

◧ 지금 이 순간 이곳에 있어서 다행이야

상상하기 좋아하는 난 어릴 적부터 언젠가 나에게 마법 같은 일이 일어날 거라 믿었다. 지브리 영화에 나오는 환상적인 일이 내게도 일어날 수 있다고, 일상 속의 일탈을 꿈꾸곤 했다. 비밀을 간직한 아이를 만나 손잡고 구름 위로 올라가는 일은 일어나지 않았지만, 현실이라기엔 다른 세상 같고, 꿈만 같이 느껴지는 곳에 다녀온 적은 있다.

가장 단기간에 나의 시야를 넓혀준 인생 경험은 크게 두 가지다. 하나는 버닝맨. 또 하나는 매년 영국 서머싯의 농장에서 닷새간 열리는 세계 최고의 축제, 글래스턴베리다. 나는 지금까지 버닝맨에 두 번, 글래스턴베리에 두 번 다녀왔다.

2014년과 2016년, 글래스턴베리에 다녀온 두 해 모두

불굴의 의지로 표를 구했다. 엄청난 경쟁률의 정식 티켓 구매는 당연히 실패. 새벽에 인터넷 속도 세계 최강이라는 대한민국 피시방까지 찾아갔는데! 실패한 직후 분하고 속상해서 5초 정도 눈물을 글썽거렸지만, 포기하지 않았다. 가고 싶은 마음이 굴뚝같아서 몇 날 며칠 해외의 각종 페스티벌 커뮤니티를 뒤졌다. 그 결과 알게 된 꿀 정보. 글래스턴베리 사이트에서 어디에도 알리지 않고 조금씩 취소표를 푼다는 '썰'이 있었다. 어떤 페스티벌 덕후 개발자가 만든, 사이트에 변화가 생기면 핸드폰으로 알림이 오는 쿠키를 설치했고, 그렇게 공식 티켓 오픈 몇 달 후, 각고의 노력 끝에 가까스로 티켓을 구했다(역시 덕질해본 경험은 삶에 도움이 된다).

글래스턴베리는 들어가는 길도 순조롭지 않았다. 2014년에는 버스 기사가 글래스턴베리로 가던 도중 길을 잃는 어처구니없는 상황이 발생했다. 그럼에도 승객 몇 명이 괜찮다고 웃으며 기사 뒤편에 앉아서 구글 지도를 보고 길을 안내해주었다. '당신 때문에 글래스턴베리로 향하는 우리의 기분을 망치지 않겠다'는 강력한 의지로 보였다. 그러다가 갑자기 그 기사는 고속도로 갓길에 차를 대고 타이어가 터질 우려가 있어 교체를 해야 할 것 같다며 두 시간을 더 끌었다. 참다못한 승객들은 하나둘 일어나 상황 파악에 나섰고, 버스 기사는 자기가 잠을 못 자서 잠을 자야 한다는 헛소리를 했다. 결국 우리는 택시 몇 대를 불러 무리지어 나눠서 타고 글래스턴베리로 향했다. 그날 내 일기에는 이런 메모가 적혀 있다.

2014년 6월 27일. 버스 기사 또라이. 어떻게 이런 현지인도 못 할 법한 경험을 하지. 자세히 보니 마약이라도 한 것처럼 눈이 풀려 있었다. 어후. 또라이. 큰일이 나지 않은 걸 다행이라 생각해야지. 버스를 탔으면 입구 앞에 내려서 바로 입장했을 텐데 택시를 타는 바람에 엉뚱한 곳에서 내려서 텐트를 들고 다섯 번이나 똑같은 길을 왕복했다. 나와 메굼은 글래스턴베리 입장 전부터 개고생을 하고 녹초가 되었다. 페스티벌 사이트가 거대해서 아무리 걸어도 입구를 찾을 수가 없었다. 핸드폰도 잘 안 터지고. 체력의 한계를 느끼며 어떤 스태프 앞에서 최대한 불쌍한 표정을 지었다. 우리에게 어떤 일이 있었는지 설명하며 티켓을 보여주고 겨우, 입구가 아닌 곳으로 몰래 입장했다. 웃긴 건, 정말 더는 못 걷겠다 싶을 정도로 힘들었는데, '히친 힐' 옆에 텐트를 치고 글래스턴베리 전경이 보이는 순간 나와 메굼은 눈을 맞추고 세상에서 가장 행복하다는 듯이 환하게 웃었다.

2016년에는 운 좋게도 런던에서 글래스턴베리로 들어가는 버스와 공연 티켓을 함께 구매했다. 탑승 장소에 미리 도착했지만, 제시간에 출발하는 버스가 없었다. 두세 시간 기다려서 출발하면 빨리 출발하는 거였다. 이런 상황에도 누구 하나 짜증 내거나 불평하지 않았다. 오히려 그 반대였다. 몇 시간을 기다렸든 자신이 탑승해야 할 버스가 오면, 다 같이 환호하고 손뼉 치면서 좋아했다. 무슨 복권에 당첨된 것처럼. 몇 시간을 기다렸어도, 사람들이 진심으로 기뻐하고 환호성을 지르는 그 모습이 너무 웃겨서 나는 계속 낄낄거렸다.

글래스턴베리를 처음 알았을 때 나의 반응은 "와! 그런 데가 있어?"였다. 직접 가서 느낀 건 "맙소사. 세상에 이런 곳이"였다. 신세계였다. 생각보다 훨씬 더 넓었고, 더 큰 재미와 감동, 예기치 못한 일들이 나를 기다리고 있었다.

글래스턴베리의 스케일은 상상을 초월한다. 행사장의 면적이 대략 120만 평에 달한다. 쉽게 얘기해서 강남역에서 압구정역에 이르는 4.5제곱킬로미터 정도가 페스티벌

사이트라고 생각하면 된다. 원래 농장이기 때문에 길은 모두 흙길이고 교통편은 없다. 자전거도 없고 무조건 걸어 다녀야 한다. 언덕도 많고, 비가 많이 오면 잔디밭은 진흙밭으로 변한다.

주변에 숙박 시설이 없어 거의 모든 관객이 캠핑을 한다. 글래스턴베리에는 매년 15만 명 내지 20만 명이 방문하고, 설치되는 텐트만 7만 개가 넘는다. 상상을 돕자면, 종로구 인구가 15만 명이다. 종로구민 모두가 며칠 동안 모여서 페스티벌을 즐기는 셈이다. 100개 이상의 무대에서 3천 가지 이상의 퍼포먼스가 펼쳐지는, 음악과 예술로 가득한 도시나 마찬가지다.

글래스턴베리에는 강력한 커뮤니티의 느낌이 자리 잡는다. 페스티벌 사이트 전체를 아우르는 분위기가 있다. 어디를 가든 음악이 울려 퍼지는 이곳에서는 음악뿐만 아니라 환경, 평화, 어우러짐의 가치를 외친다. 글래스턴베리의 공연과 행사는 이러한 가치를 중심으로 만들어지고, 이곳에 오는 사람들은 닷새간 그 가치를 수호하는 글래스턴베리의 주민이 된다.

페스티벌에서 한 번이라도 사람들에게 이름을 각인시키기 위해 튀려고 노력하는 브랜드나 벤더들과 달리, 글래

스턴베리에서 보이는 브랜드 로고는 자연보호에 앞장서는 그린피스와 빈곤 해결, 불공정 무역에 대항하는 옥스팜뿐이다. 이렇게 비상업적인 페스티벌은 처음이었다. 글래스턴베리는 스폰서가 없는 것에서 나아가 NGO 단체인 그린피스, 옥스팜, 워터 에이드를 후원한다. 티켓 가격에는 기부금이 포함되어 있다. 말로만 환경을 생각하지 않고 행동하게 만든다. 자전거를 돌려 핸드폰을 충전하는 곳도 있고, 샤워실에서는 천연 재료로 만든 치약과 비누만이 허용되며, 따뜻한 물은 태양광을 이용해 얻는다.

글래스턴베리에서는 어디를 가도 신선한 광경을 볼 수 있다. 쓰레기통마저도 모두 다르게 페인트칠되어 있다. 공연 말고도 목공 체험, 서커스, 연극, 페인팅 등 닷새가 부족할 정도로 볼거리, 할 거리가 넘친다. 세계 여러 나라의 음식을 사 먹을 수 있는 벤더도 제각각의 모습으로 꾸며져 있다. 영국에 먹을 게 없다고 하지만 글래스턴베리에서는 주변 농장에서 직접 공수한 신선한 채소로 요리해서 그런지 먹는 음식마다 맛있었다.

서울시에도 다양한 구가 있는 것처럼 글래스턴베리에도 다양한 구역이 있다. 구역마다 이름도, 들리는 음악도, 관객도 다르다. 각자의 개성을 지닌 구역 중 나와 가장 잘 맞는 곳을 선택해 녹아들면 된다. 워낙 다양해서 누구나 마음이 가는 구역을 찾을 수 있다.

예를 들어 '블록 나인'에 가면 온갖 종류의 춤추기 좋은 음악을 만날 수 있다. 테크노, 하우스, 라틴음악. 유명 뮤지션이 시크릿 라인업으로 디제잉을 하는 실내 클럽도 있고, 야외에서 화려한 레이저와 함께 댄스파티가 열리기도 한다. 무대, 벤더, 야외에 설치된 작품들을 작정하고 꾸며놓은 곳인데, 그로테스크한 작품이 많아서 팀 버튼의 영화 속으로 들어온 것 같았다. 밤새 놀기 좋은 곳이라 글래스턴베리에 오면 여기서만 노는 사람들도 있다. 밤 10시부터만 입장이 가능한데, 입구가 하나라서 어둑해지면 긴 줄이 생긴다. 2014년에도 2016년에도 사람들은 이곳에서 오아시스의 노엘 갤러거를 목격했다.

전망대가 있는 '더 파크'도 있다. 이곳은 글래스턴베리의 창시자 마이클 이비스의 딸인 에밀리 이비스가 기획하고 만들어낸 공간으로, 제임스 블레이크, 세인트 빈센트와 같은 얼터너티브 뮤지션들의 공연이 열린다. 글래스턴베리 글자가 세워진 언덕 바로 앞에 있어서 쉬면서 듣기 좋다. 아이들을 위한 키즈 필드는 입장 제한이 있지만 차별적이지 않다. 누구나 자신이 '아이'라는 것을 증명하면 된다. 5초간 춤을 추거나, 이곳 지킴이들의 우스꽝스러운 포즈를 따라 하면 들여보내준다.

내가 특히 좋아하는 구역은 집시와 히피들의 파라다이스인 '힐링 필드'다. 힐링 필드의 풀밭에 누워 있으면 천국이 따로 없다. 늘어져 있는 히피족들 사이로 기타 치며 노래하는 아저씨가 있고, 한쪽에서는 사람들이 훌라후프를 돌리고 있다. 근심 걱정 없이 여유롭고 한적한 분위기다.

그리고 대망의 메인 무대. '피라미드 스테이지'는 약 10만 명을 수용한다. 10만 명이 다 같이 떼창하는 모습을 상상해보라. 황홀하다는 말로는 부족하다. 글래스턴베리에 두 번 다녀오며 내 안에 각인된 레전드 무대는 셀 수가 없다. 아케이드 파이어. 콜드 플레이. 아델. 시규어 로스. 일렉트릭 라이트 오케스트라. MGMT⋯⋯.

무대 말고도 기억에 남는 아름다운 순간들이 많다. 기억에 남는 장면들을 나열해보자면 이렇다.

내 눈앞에 손을 잡은 할머니, 할아버지가 있었다. 두 사람의 팔에는 그들이 다녀왔을 수십 개의 글래스턴베리 팔찌가 가득했다. 멋있고 부러웠다. 그들의 첫 글래스턴베리는 언제였을까. 이곳에서 얼마나 많은 시간을 함께했을까.

돌리 파턴의 공연을 볼 때, 컨트리음악이라 그런지 가족 단위의 관객이 많았다. 수만 명의 인파 위로 목말을 탄 아이들이 여기저기 보였다. 귀를 보호해주는 어린이용 헤드폰을 쓴 아이들이 아빠의 어깨 위에서 신나게 춤을 추고 있었다.

비틀스 커버 밴드를 보러 갔을 때는 사람들이 몰려 공연장에 들어가지도 못했다. 그래도 상관없었다. 공연장 밖의 사람들끼리 음악을 따라 부르며 춤을 췄다. 비틀스의 「트위스트 앤드 샤우트(Twist and Shout)」에 맞춰 에어기타를 치는 할아버지, 엉덩이를 흔드는 아이들, 좌우로 리듬을 타는 커플이 보였다. 트위스트 춤을 추며 우리는 모두 순식간에 아이가 되었다.

토요일 밤에는 아델이 할아버지에게 바치는 노래로 밥 딜런 커버곡인 「메이크 유 필 마이 러브(Make You Feel My Love)」를 불렀다. 웬만한 마을 인구보다도 많은 10만여 명의 관객이 핸드폰 불빛을 켜고 떼창을 했다. 내 바로 앞에는 어느 노부부가 부둥켜안고 있었고, 화관을 쓴 친구들이 어깨동무를 한 채 울고 웃기를 반복했다. 그 너머로는 수만 명의 목소리와 함께 불빛이 일렁거렸다. 눈앞에 펼쳐지는 광경이 말도 안 되게 멋지고 반짝거려서 감정이 벅차올랐다. 온몸에 전율이 일었고, 나 역시 때때로 울 수밖에 없었다.

 피라미드 스테이지 앞에서 벡(Beck)을 기다릴 때였던가. 갑자기 스피커로 오아시스의 「샴페인 슈

퍼노바」가 흘러나왔다. 피라미드 스테이지 앞에서 다음 무대를 기다리던 수만 명이 그 노래를 따라 불렀다. 해체해서 더 이상 무대 위에서는 볼 수 없는 밴드 오아시스의 노래를 그 어떤 무대 없이 모두가 따라 불렀다. 10만 명이 모인 관객석이 무대로 변한 순간이었다. 그날 이후로 오아시스 노래 중 내 최애 곡은 「샴페인 슈퍼노바」가 되었다.

이쯤에서 날씨 얘기를 하지 않을 수 없다. 2016년 글래스턴베리에서 내 체력적 한계의 끝을 경험했다. 페스티벌 전날까지 며칠 동안 비가 왔다. 글래스턴베리의 창시자인 마이클 이비스도 인정한 46년 역사상 최악의 진흙밭이 펼쳐졌다. 각종 뉴스에 보도가 나갔다. 폭우로 인해 잔디는 아예 사라졌고, 수많은 텐트가 물에 잠겼다. 발걸음을 옮길 때마다 장화에 진흙 덩어리가 붙어서 나왔다. 모래주머니를 세 개씩 달고 걷는 기분이었다. 어떤 구역에서는 끈적거리는 진흙에 빠져 옴짝달싹 못 하는 사람들을 주변 사람들이 양팔을 잡고 꺼내줘야 했다.

글래스턴베리가 주는 '불편함'은 이뿐만이 아니다. 화장실은 악명 높고, 샤워도 마음대로 할 수 없다. 첫해에는 텐트를 잘못 쳐서 바닥에서 물이 샜다. 수건으로 바닥을 닦고, 매트를 새로 구해 와서 다시 깔고, 그 위에 텐트를 다시 치고. 한바탕 난리를 치고 텐트 밖으로 나와 땀을 식히는데 누군가 말했다.

"저기 좀 봐."

뒤를 돌아보자 하늘에 거대한 쌍무지개가 떠 있었다. "와!" 하는 외마디 감탄사와 함께 그 광경은 지쳤던 마음을 한 방에 날려버렸다. 글래스턴베리는 그런 곳이다. 지옥과 천국을 1초 차이로 오가는 곳. 모든 게 편한 도시와 떨어져 있는 만큼 고생을 하게 되지만 그 불편함조차 커다란 과정의 일부로서 즐기게 되는 곳이다.

나는 글래스턴베리를 찾는 사람들의 마음이 평소와는 조금 다른 상태로 세팅되어 있으리라 생각한다. 화장실이 더럽고 며칠간 제대로 샤워를 하기 힘들다고 해도 중요한 건 그런 게 아니다. 그래 뭐, 며칠간 좀 부랑자처럼 지내면 어떠랴. 내가 지금 글래스턴베리에 있는데. 우리가 지금 이 곳에 있는데. 어쩔 수 없는 것에 대해서는 기대를 버리고, 마음을 내려놓게 된다. 우리를 편리하게 해주는 것들로부터 잠시 떨어져 가장 중요한 목적, 글래스턴베리에 내가 존재하는 것, 그 하나에 집중하게 된다.

글래스턴베리는 매년 15만 장에 달하는 표를 순식간에 매진시킨다. 광고도 하지 않고, 전체 라인업 발표도 티켓을 판매한 이후에 하지만, 사람들은 매번 도시에서 멀리 떨어진 이 농장까지 기꺼이 찾아온다. 그리 편한 곳도 아니고 익숙한 브랜드도 하나 없지만, 글래스턴베리의 철학, 이를 수호하는 공동체, 그리고 다양한 구성원들 안에 음악을 즐기고자 하는 목표가 단단하고 견고하게 자리 잡고 있다. 글래스턴베리에서는 이런 생각이 자주 들었다.

'지구 전체를 통틀어 지금 이 순간 이곳에 있어서 정말 다행이야.'

이곳에서는 벅찬 감동과 행복을 느끼는 순간순간과, 그 속에 흠뻑 빠져 있는 나 자신, 그것만이 오롯이 느껴진다. 그 행복의 무게가 너무 커서, 내가 느끼는 작은 불편함이나 체력의 한계는 안중에도 없어진다. 글래스턴베리는 딱히 홍보가 필요 없다. 라인업도 그리 중요하지 않다. 글래스턴베리는 글래스턴베리이기 때문이다. 글래스턴베리에서만 가능한 경험을 오랫동안 변함없이 지켜왔기 때문이다. 팬데믹 시대가 끝나고 페스티벌이 정상화된다면, 다시 한번 그 시간을 살기 위해 사람들은 글래스턴베리를 찾아갈 것이다.

이 모든 기적 같은 이야기는 50년 전, 자기 농장에서 페스티벌을 열고 싶다는 한 사람의 꿈으로부터 출발했다. 마이클 이비스는 1970년, 지미 헨드릭스가 죽은 다음 날, 자신의 농장에서 이틀간 페스티벌을 열었다. 그때 티켓 가격은 1파운드였고, 농장에서 만든 우유가 포함되어 있었다. 이비스는 다른 블루스 페스티벌을 보고 영감을 받아 자기만의 페스티벌을 기획했고, 그 축제가 해마다 자연스럽게 진화하며 지금의 모습을 갖추게 된 것이다.

런던에서 멀리 떨어진 어느 농장에서, 페스티벌을 열고 싶다는 청년의 꿈을 출발점으로, 50년에 걸쳐 만들어진 환상적인 축제. 내겐 글래스턴베리가 존재한다는 현실이 웬만한 동화보다 더 동화 같다. 그래서 나는 환상, 기적, 꿈 같은 단어들을 포기하지 않는다.

⏸ 춤을 출 수 있는 순간에는 춤을 출 거야

계속 자리에 앉아 있을 것이냐, 춤을 출 것이냐.

선택의 갈림길에 서면, 나는 네가 춤을 추었으면 좋겠어.

– 오프라 윈프리, 『내가 확실히 아는 것들』

내 인생에서 가슴이 벅차오를 만큼의 희열과 커다란 재미를 느꼈던 순간에는 공통점이 있다. 그 장면들 속에는 음악이 있고, 사람들이 있고, 모두 함께 춤을 추고 있다. 세상에 코로나19가 나타나기 전, 친구들과의 술자리가 2차, 3차까지 길어지는 날이면 마지막 목적지로 뮤직바 우드스탁을 찾아갔다. 그곳에서 우리는 노래를 신청하고, 계속해서 춤을 췄다. 계단을 다시 올라와 문밖으로 나왔을 때 이미 해가 떠 있던 적이 부지기수. 간밤의 흔적이 역력한 얼굴로 나서려니 민망하기도 하고 노느라 밤을 샜다는 죄책감도

들었지만, 그와 동시에 진짜 잘 놀았다는 오묘한 만족감이 들었다.

여행을 다녀온 후에도 가장 좋았던 순간을 떠올리면 꼭 춤추는 순간이 들어가 있다. 캄보디아의 시골에서 우연히 춤판을 벌이는 어느 대가족과 마주쳐 밝은 달 아래에서 90분 동안 함께 깔깔대며 몸을 흔들었던 기억. 치앙마이 재즈바 노스게이트에서 무르익어가는 분위기를 따라 사람들이 하나둘씩 일어나더니 결국에는 그곳의 모두가 춤을 췄던 기억. 버닝맨의 사막에서 해가 뜰 때 밝아지는 하늘을 360도로 보며 흘러나오는 음악에 맞춰 나를 그 광경 속에 스며들게 했던 기억.

나는 춤을 출 때, 좋아하는 사람들과 맛있는 음식을 먹을 때만큼 가장 단순하고 확실한 행복을 느낀다. 그래서 공연 보는 것을 좋아하고, 디제이 부스와 무대 앞을 계속해서 찾아가는 것인지도 모르겠다. 모든 것을 다 떠나서 그냥 재미있으니까, 다양한 사람들이 한데 섞여 춤추는 순간이 좋으니까, 내가 한껏 행복해할 수 있는 순간들을 찾아가는 것이다.

회사를 나와 어딘가에 소속되지 않은 채로 시간을 보

냈던 2017년, 나는 고등학교 때와 대학교 때에 이어 오랜만에 다시 춤 학원에 등록했다. 어떤 분야든 꾸준히 한 가지 일에 매진해온 사람을 만나면, 일에 대한 그 사람의 철학이 느껴지기 마련이다. 수업 시간에 춤 선생님이 이런 말을 한 적이 있다.

"춤은 사람들이 잘 듣지 못하는 음악 안의 소리를 밖으로 꺼내 보여줄 수 있는 일이에요. 꼭 가사뿐만 아니라 베이스 소리, 전주의 작은 소리 등 놓치기 쉬운 소리를 움직임으로 표현해 음악을 더 섬세하게 듣게 할 수 있어요."

자유 시간에 자유의지로 원하는 것을 배우는 건 그 자체만으로도 즐거운 일이다. 자기 일에 대한 애정과 자부심을 가진 사람에게서 배우니 그 즐거움은 배가됐다. 선생님은 그 말을 하며 음악 뒤편에 깔려 있던 둥둥 소리와 처음에는 잘 들리지 않았던 높고 작은 음들을 몸으로 표현해 보여주었다. 우리 몸을 움직여서 음악을 더 섬세하게 듣게 도와주는 일이라니. 생각해보지 못했던 춤의 정의였다. 춤을 춘다는 건 단순히 음악에 맞춰 몸을 움직이는 행위가 아니라 음악을 더 깊이 있게 경험하는 일이다.

춤에 대한 나의 생각과 경험이 더 큰 형태로 발전한 계기가 있다. 페스티벌 'DMZ 피스 트레인'에서 '평화'를 주제로 에세이를 써달라는 제안이 왔을 때다. DMZ 피스 트레인은 글래스턴베리의 메인 프로그래머인 마틴 엘본이 기획에 참여해 시작 전부터 업계에서 화제를 모았다. 세계 유일의 분단국가를 상징하는 비무장지대 근처에서 열리는 만큼 '음악을 통해 정치, 경제, 이념을 초월하고 자유와 평화를 경험하자'라는 취지를 가지고 있다. 피스 트레인은 2019년에 2회를 맞았고, 다양한 사람들로부터 평화 에세이를 받아 연재했다.

2018년에 제1회 피스 트레인을 다녀왔던 나는 기쁜 마음으로 제안을 수락했다. 한국에서 상업적인 색깔이 이렇게 배제된 페스티벌은 처음이었다(실제로 웹사이트에도 '비상업적이지만 대중 친화적인 뮤직 페스티벌'로 피스 트레인을 소개하고 있다). DMZ 근처 푸르른 한탄강이 내다보이는 철원 고석정에서 무대에 오른 음악가들은 평화를 노래했다. 존 레넌의 「기브 피스 어 챈스(Give Peace a Chance)」를 커버하고, "언젠가 철도가 연결되어 유럽까지 기차 타고 갈 수 있길 바란다, 언젠가 남과 북이 함께 술잔을 기울였으면 한다"는 말이 들려오는 축제였다. 무엇보다도 페스티벌을 즐기는 할머니, 할아버지들을 볼 수 있어 좋았다. 한국은 페스티벌 문화를 즐기는 연령대가 한정되어 있어 아쉬웠는데, 소주 한 잔씩 기울이며 춤을 추는 어르신들을 보니 모두가 즐길 수 있는 진짜 축제란 생각이 들었다.

춤을 추는 순간에는 누군가를 정의 내리고 구분 짓는 모든 기준이 의미 없어진다. 여자인지. 남자인지. 몇 살인지. 어디서 왔는지. 어떤 일을 하는 사람인지. 함께 춤을 추는 순간만큼은 전혀 중요하지 않다. 말이 통하지 않아도 괜찮다. 같은 공간에서 함께 음악을 즐기고 있다는 이유만으로도 서로 연결된 기분이 든다. 모르는 사람과도 흥에 취해 춤을 추다가 눈이 마주치면 친근하게 웃게 되지 않나. 함께 춤을 출 때면 금세 모두가 하나가 된다.

이런 생각이 에세이의 바탕이 됐다. 내 나름대로 정의 내린 평화에는 춤이 기능을 한다.

전 세계에서 온 수만 명의 사람들이 나이, 국적, 종교와 아무 관계 없이 하나가 되어 함께 노래 부르고, 춤추는 걸 보면 현실에서 네 편, 내편 가르며 싸우는 모습들이 부질없게 느껴진다. 누군가를 이분법으로 규정지으며 분류하기 전에 그 사람은 나처럼 어떤 음악을 좋아하고, 노래를 따라 부르며 가슴 벅차 할 수 있는 나와 같은 사람인걸.

나에게 평화란 내가 나로서 존재하는 것을 의미한다. 더 나아가 다양한 사람들이 자기 자신으로서 공존하는 상태를 의미한다. 내가 나로서 존재하는 정적인 평화는 나 혼자만의 힘으로도 가능하지만, 다양한 사람이 자기 자신으로서 공존하는 동적인 평화는 누군가와 함께할 때만 가능하다.

이 어려운 일을 조금은 쉽게 만들어주는 게 음악이다. 음악이 흘러나오면 우리는 70억 인구 중 단 하나뿐인 목소리로 제각각의 삶을 노래한다. 음악이 흘러나오면 우리는 서로에게 선을 긋기 전에 그저 함께 춤을 추는 동물이 된다.

이 글에 '서로에게 선을 긋기 전에 함께 춤을 추자'라는 제목을 붙였다. 내가 춤을 좋아하는 이유이자 던지고 싶은 메시지였다. 신기하게도 이 문장은 페스티벌 관계자들이 마음에 들어해준 덕분에 DMZ 피스 트레인의 슬로건이 되었다. 제2회 DMZ 피스 트레인에서는 내가 만든 문구를 티셔츠로 입고, 수건과 깃발 형태로 흔들며 즐기는 사람들을 볼 수 있었다. 내 안에 축적된 점들이 또 하나의 선으로 연결된 순간이었다.

춤을 추는 순간엔 모든 생각이 잊힌다. 근심, 걱정이
사라지고 그저 그 순간과 동화될 뿐이다. 말 그대로 음악
에 '몸을 맡기고' 있으면, 잠시 현실을 떠나 있는 기분이 든
다. 춤을 춘다는 건 그런 것 같다. 이성적인 상태에서 벗어
나 더 자유로워지는 것. 내가 나를 놓는 동시에 가장 온전
한 내 자신이 되는 것. 그리고 순간을 사는 것. 춤을 추고 난
뒤에는 긍정적인 기운이 나를 감싼다.

굳이 춤이라는 행위를 깊이 사유하며 의미를 부여하
지 않더라도, 나에게 춤을 춘다는 건 뭔가를 바라고 하는
게 아닌 일상적이고 자연스러운 행동이다. 생산적인 결과
를 고민하거나, 머리로 따지고 재보기 전에 내 안의 흥이
나를 움직이게 만든다.

삶을 즐기는 태도와 유머 감각은 인생을 더욱 풍요롭
고 재미있게 만든다. 나에게 춤이란 순간의 재미와 기쁨을
쟁취할 수 있는, 삶을 즐기는 태도와 같다. 음악이 흐르는
찰나만큼의 작은 자유를 만끽하기 위해, 춤을 출 수 있는
순간에는 언제나 춤을 추는 사람이고 싶다.

▣ 음악 좋아하는 애 중에 마케팅하는 애

내 꿈은 자주 바뀌었고 명확한 꿈이 없던 적도 많았지만 지향점은 늘 같았다. 나는 재미있는 일이 하고 싶었고, 멋있는 사람이 되고 싶었다. 김이 샐 정도로 단순해 보이는 이 목표는 두 가지 과제를 동반했다. 나에게 재미있는 일이란 어떤 일인지, 멋있는 사람이란 어떤 사람인지 구체적으로 알아야 했다. 남들이 정의 내린 재미나, 겉모습이 화려한 멋이 아니라 내가 느끼는 재미와 멋을 찾아야 했다.

잃어버린 세계의 지도처럼 뚜렷한 길이 보이지 않아도 재미와 멋이란 두 가지 기준이 방향을 가리켰다. 닻을 올리고 항해를 시작했다. 움직이지 않으면 아무 일도 일어나지 않을 것이었다.

좋아하는 건 많지만 무슨 일을 해야 할지 막막하던 과거의 나는 불안해하면서도 은연중에 알고 있었던 것 같다.

모든 것이 지금 말이 될 필요는 없다는 걸. 내가 찍어둔, 까마득한 지점에 도달하기 위해서는 내면의 소리에 귀 기울이는 게 중요했다. 좋아하는 마음과 호기심, 존경심이 단서였다. 무언가를 시도해보는 추진력은 이런 단순한 믿음에서 나왔다. 매사 어떤 일의 효율을 따지기 전에 재미있을 것 같은 일에는 일단 손발을 움직였다.

탐색의 과정에서 재미의 테두리는 넓어졌고, 멋있는 사람의 정의는 구체화되었다. 두루뭉술했던 고지에 안개가 걷히고 형체가 생길수록 성장하는 기쁨을 느꼈고, 탐험을 계속하는 원동력이 됐다.

특별히 좋아하게 된 음악은 더 넓고 깊게 파고들었다. 남들이 좋아하는 수준에서 한 단계 더 나아가 "나는 음악을 좋아한다"라고 자신 있게 말할 수 있게 되었다. 처음부터 그랬던 건 아니지만, 파고든 만큼의 경험이 내 안에 지표를 찍으며 흐름을 만들어냈다.

좋아하는 걸 깊게 좋아하는 시간이 축적될수록, 딱히 말하지 않아도 나를 알아봐주는 사람들이 생겼다. 음악을 좋아하는 게 내 정체성의 일부로 자리 잡자 신기한 일이 생겼다. 존재하는지도 몰랐던 기회가 알아서 내 앞에 나타나기 시작했다. 좋아하는 마음이 일로도 연결되고, 뜻밖의 문을 여는 열쇠가 된 순간들이 찾아왔다.

음악이 처음으로 일로 이어진 건 한국에서의 첫 직장인 PR 회사를 다닐 때였다.

당시 나는 세상에서 홍대가 제일 재밌다고 생각하는 사람이었다. 클럽 타, 클럽 빵, 클럽 FF, 제비다방 등 홍대 라이브 클럽을 매주 찾아갔다. 10CM가 거리에서 버스킹을 하고, 매일 밤 「유희열의 라디오천국」을 듣던 시절이었다. 다음 카페 락치킨에서 페스티벌 라인업 맞히기를 하고, 매해 열리는 페스티벌을 죄다 찾아갔다. 뮤직바 곱창전골에서 펜타포트 공연을 마친 밴드 시오엔과 마주쳐 밤새도록 놀고, 그곳에서 만난 언니 오빠들과 나미의 「빙글빙글」에 맞춰 신나게 춤을 추던 시절이었다.

회사에서 나는 '공연과 페스티벌을 가장 좋아하는 직원'으로 알려져 있었다. 때마침 페스티벌의 SNS를 운영하는 프로젝트 제안이 들어왔을 때, 내가 불려갔다. 음악이라는 세계 안에서 열심히 탐험하고 논 덕분에 매해 가던 페스티벌의 SNS를 맡게 됐다. 이것이 나의 첫 덕업일치의 경험이다.

내 인생의 첫 오퍼도 비슷한 경로로 들어왔다. 독일계 스타트업에서 일을 시작한 지 1년쯤 됐을 때, 나는 새로운 스타트업으로부터 제안을 받아 이직했다. 나에게 이직을 제안한 언니는 나와 한 번도 일해본 적이 없는 사람이었다. 나를 알아봐주고, 내 잠재력을 마음껏 발휘할 수 있도록 도와준 사람. 내 인생의 귀인을 뜻하지 않은 곳에서 우연히 만났다.

우리는 함께 우쿨렐레를 배우다가 가까워졌다. 모과나무가 있던 홍대의 카페에서 만나 스스럼없는 언니, 동생 사이가 되었지만, 알고 보니 언니는 나보다 경력이 10년은 더 많은 업계 선배였다.

우쿨렐레를 배우지 않았다면, 그 오퍼를 받지 않았다면, 현재의 나는 어디에 있을까. 우쿨렐레를 배우겠다는 사소한 결정이 큰 줄기로 뻗어나가는 계기가 될 줄은, 당시의 나도 언니도 전혀 예상하지 못했다. 이직하고 얼마 뒤, 왜 같이 일해본 적도 없는 나에게 기회를 줬냐고 물어봤다. 언니는 이렇게 말했다.

"'음악 좋아하는 애 중에 마케팅하는 애' 하니까 네가 떠올랐어."

명쾌한 답변이었다. 나는 여기에 엄청난 힌트가 있다

고 생각한다.

　마케팅이 "나는 좋은 사람이에요" 하고 내가 누구인지 직접 얘기하는 것이라면, 광고는 반복해서 얘기하는 것이다. PR이 믿을 만한 누군가가 "그는 좋은 사람"이라고 대신해서 말해주는 것이라면, 브랜딩은 내가 얘기하지 않아도 "당신이 좋은 사람이란 것을 안다"라고, 상대가 먼저 나를 이해하고 있는 것이다.

　퍼스널 브랜딩도 마찬가지다. 내가 굳이 얘기하지 않아도, '음악', '마케팅'이란 키워드를 보고 사람들의 머릿속에 내가 연상되는 순간, 의도하지 않았지만 내가 퍼스널 브랜딩이 된 사례라고 생각한다. 내가 만들어둔 관계와 경험이 있었기에 가능한 일이었다. 주변에 '무언가를 좋아하는 사람'으로 각인될 만큼 좋아하는 것을 열렬히 좋아하는 것도 능력이다.

　음악을 좋아해서 공연과 페스티벌을 찾아다녔고, 노래 듣고 춤추는 게 좋아서 우드스탁, 골목바이닐앤펍 같은 엘피바의 단골이 되었다. 엘피바에는 음악, 예술, 문화와 관련된 일을 하는 재미있고 멋진 사람들이 모였다. 음악을 매개로 만난 사람들과는 인생의 가치관이 비슷하거나 통하는 경우가 많았다. 그 친구들과 또 다른 네트워크를 구축해, 일할 때도 서로 엮이고 도움을 주고받는 경험을 했다.

좋아하는 마음 덕분에 더 나은 협업을 하게 될 때도 있었다. 내가 만났던 수많은 콘텐츠 제작자와 아티스트는 돈만 보고 움직이지 않았다. 돈을 얼마나 벌 수 있고, 마케팅에 얼마나 도움이 될지도 중요하지만, 돈과 마케팅은 기본에 가까웠다. 그보다 '함께 뭔가를 만들어보자'는 결정을 내릴 때는 서로의 철학, 누군가에게 줄 수 있는 가치, 그리고 재미가 더 중요했다. 쉽게 열리지 않을 문에 예외적으로 통행권이 주어질 때는 누군가의 좋아하는 마음을 건드린 경우가 많았다. 좋아하는 마음을 기반으로 말이 통한다고 느껴지면 상대방도 마음을 열었다.

나는 열쇠를 모으는 사람이란 상상을 한다. 인생이라는 여정에서 나는 좋아하는 마음을 모으는 콜렉터인 것이다. 마케터로서 일을 시작하고, 새로운 경험에 도전하고, 내 생각을 글로 쓰고 나누기 시작하면서 나에게는 음악, 여행, 퇴사, 스타트업, 마케터, 작가, 독립, 다능인 등 다양한 키워드가 따라붙었다.

각 주제에 기울인 시간과 마음은 여러 가지 모양의 열

쇠가 되었고, 나는 퀘스트를 하나씩 깨듯이 그 열쇠를 모으는 과정 자체를 즐기게 됐다. 여러 가지 모양의 열쇠는 곧 내가 가진 여러 개의 정체성이 되었다. 그러다가 내가 가진 열쇠를 알아보고, 재밌어하는 누군가가 시시때때로 나타나 새로운 세계로 들어가는 문을 제시했다. 이따금 내가 직접 문을 찾아 열 때도 있었다. 그렇게 열고 들어간 세상 안에서 나는 또 다른 사람들을 만나고, 또 다른 열쇠들을 획득했다.

좋아하는 마음은 연쇄 작용을 일으키며 때로는 일이 되고, 취미가 되고, 평생 남을 만한 좋은 인연을 남겼다. 미래에 대한 대단한 계획이 있었던 것은 전혀 아니지만, 나만의 재미와 멋을 찾아간 순간들이 마치 의도했던 것처럼 선으로, 또 면으로 연결되기 시작했다.

취향과 일이 촘촘히 엮여 있는 요즘. 좋아서 하는 일이 회사 일로 직결되지 않더라도, 사이드 프로젝트로도 이어질 수 있는 시대다. 음악을 좋아한다는 이유로 의외의 타이밍에 수익을 낼 기회들이 찾아왔다. 나의 리추얼을 나누는 경험. 매달 플레이리스트를 큐레이션하는 경험. 누군가 "좋아하는 일이 밥 먹여주냐"라고 묻는다면, 경험에 비추어

"그런 세상이 됐다"라고 대답할 수 있게 됐다.

그럼에도 음악을, 혹은 무언가를 좋아하는 마음에 굳이 밥값을 해야 한다는 부담을 주고 싶지는 않다.

취향이 자산이 되고, 수익으로도 연결될 수 있는 세상이지만, 밥값은 다른 곳에서 해도 된다. 그러니까 관심 가는 것이 있다면 크게 고민하지 말고 일단 발을 들여보자. 좋아하는 일을 즐기면서 하고 있다면, 그리고 그 일을 꾸준히 하게 된다면, 그 자체만으로도 쉽지 않은 일을 해내고 있는 것이다.

지도 위에 보이지 않는 지점을 막연하게 도달할 곳으로 찍어두긴 했지만, 도착하기만 하면 모든 게 완성되리라는 보장은 어디에도 없고, 어쩌면 100퍼센트 만족할 수 있는 세상은 존재하지 않을지도 모른다. 사회로 나와 일을 시작한 지 10년이 지났다. 몇 개의 꿈은 이루었고, 몇 개의 꿈은 또 새롭게 생겨나고 있다. 지금까지의 항해를 돌이켜보면, 내가 설정해둔 '재미있는 일을 하는 멋있는 사람'이란 지향점은 최종 목적지보다 과정에 있을 거라 추측한다.

좋아하는 마음을 따라 몇 개의 열쇠를 모았고, 그 열쇠는 종종 새로운 세계의 문을 열었다. 음악과 동행하며 나만의 재미와 멋이 무엇인지 찾아가는 과정에서 나라는 사람을 더 잘 알게 됐고, 남들이 뭐라고 해도 쉽사리 흔들리지 않을 나만의 기준을 잡을 수 있게 됐다. 그 기준에 따라 어느 곳에 잠시 정착하고 다시 떠나기를 반복하면서 이 여정이 끝나지 않을 수도 있다는 걸 알게 됐다.

언젠가 연결되는 순간이 오는 거라면, 기왕이면 좋아하는 마음에서 출발한 일들이, 내가 내 시간을 써도 아깝지 않을 일들이 연결되는 게 더 좋지 않을까. 계속해서 자기만의 재미를 찾는 사람과 시도하지 않는 사람은 그 시간이 쌓일수록 차이가 날 수밖에 없다. 그러니 지금 좋아하는 일이 있다면 불안한 순간이 찾아와도 계속해보길 바란다.

설령 내가 모은 열쇠에 맞는 문을 찾지 못하더라도, 좋아하는 일이 생산적인 활동으로 이어지지 않더라도 괜찮다. 좋아하는 걸 파고드는 과정 자체에서 즐거움과 만족감을 얻을 수 있다면, 나도 모르게 켜켜이 쌓인 그 경험이 언젠가 뜻밖의 방식으로 연결될 때 깜짝 선물을 받은 것처럼 더욱 큰 기쁨을 느낄 테니까.

4장

음악이라는
소우주

✖ 융플리 마을에 오신 것을 환영합니다

음악은 언제나 내 일상에 있는 것이었다. 어렸을 적부터 다양한 악기를 다루기도 했고, 워낙 음악 듣는 것을 좋아해서 그런지, 나의 일상에는 늘 음악이 깔려 있었다. 시간의 흐름에 따라 좋아하는 음악도, 즐기는 방식도 바뀌었지만, 음악이 친근한 친구처럼 느껴진 것은 어떤 형태로든 항상 내 곁에 있었기 때문이다.

그런 내게 음악을 들으면서 글을 쓰는 것은 자연스러운 일이었다. '나만의 플레이리스트'를 만드는 것은 내가 나를 사랑해주고 보듬어주는 가장 간편한 방법이었다. 기분에 따라, 날씨에 따라, 직접 선곡한 음악을 듣는 것만으로도 순간이 풍요로워지고 필요할 땐 위로를 받았다.

음악은 나의 내면으로, 상상 속으로, 과거와 미래의 장면 속으로 나를 데려가주었다. 힘들었던 날에도. 행복했던 날에도. 모든 날마다 음악과 함께했고, 모든 날마다 글을 썼다. 그 과정에서 나와의 대화를 나누며 나 자신과 친해졌다.

나의 첫 번째 책 『퇴사는 여행』과 두 번째 책 『독립은 여행』에는 글마다 배경음악이 붙어 있다. 글에 담은 경험을 할 당시에 자주 들었던 음악, 글을 쓰면서 들었던 음악, 혹은 내가 글을 통해 전달하고 싶은 감정의 연장선에 있는 음악이다. 글을 쓸 때 틀어둔 음악의 가사나 멜로디가 내가 쓰고 있는 주제에 영감을 주며 글 쓰는 것을 도와주기도 한다.

2020년 가을. 주 5일 출근하는 삶에서 독립하겠다는 선언을 하고 회사를 나온 지 두 달쯤 된 9월의 어느 날. 밑미로부터 온라인 리추얼을 함께 만들고 싶다는 제안을 받았다. 밑미의 창업자들과 모여 이야기하는 자리에서 융지트에 들어와 자리 잡힌 나의 리추얼들을 이야기했다. 이불 정리, 아침 차려 먹기, 글쓰기…….

"혜윤 리추얼은 음악이랑 관련된 게 있으면 좋겠어요"

밑미를 창업한 대표 하빈이 말했다. 나와 깊이 있는 대화를 여러 번 나누고, 오랫동안 나의 '좋아하는 마음'을 곁에서 지켜본 사람의 제안이었다. 음악. 왜 이걸 먼저 떠올리지 못했을까.

"아! 저 글 쓸 때 음악 들으면서 써요!"

'음악'이라는 키워드를 끌어온 뒤로는 모든 기획이 일사천리였다. 음악을 소재로 끌어오자 하고 싶은 이야기와 할 수 있는 일들이 머릿속에 마구마구 떠올랐다. 그날의 모임 덕분에 내 일상 한편에 자리하고 있던 음악이 내 리추얼이라는 걸 알게 되었다. 내겐 너무 당연해져서 오히려 생각을 못 하고 있던 것이었다. 매일같이 음악을 틀어두고 글을 쓰는 것이 누군가에겐 새로운 경험이 될 수도 있다는 사실을 깨달았다. 그 미팅을 마친 후 2020년 10월부터 지금까지 음악을 들으며 글을 쓰는 리추얼을 다른 사람들과 나누고 있다.

'나만의 플레이리스트 만들기', a.k.a. 융플리 방법은 이렇다.

1. 물 마시고 이불 정리하기
2. 테마, 무드에 맞춰 내가 원하는 음악 찾아 듣기
3. 음악을 틀어둔 채 자유롭게 글 써보기
4. 음악과 글을 리추얼 방에 공유하기

아침에 일어나자마자 물 마시고 이불 정리하는 습관이 생긴 뒤로 삶의 긍정적인 변화가 커서 융플리에도 끼워 넣었다. 1분도 걸리지 않는 이 행동이 뭐라고 은근히 뿌듯하다. 작은 성취감을 획득하고 하루를 시작한다. 나를 위해 좋은 일을 했다는 만족감을 동력 삼아 다른 리추얼까지 이어서 하게 된다.

대신 이불 정리는 자발적으로 하도록 두고 인증을 하지는 않는다. 이불 정리를 마치면 내가 만들어 공유한 플레이리스트에서 노래 한 곡을 선택하거나 각자가 자유롭게 듣고 싶은 노래 한 곡을 선택해 집중해서 듣는다.

우리가 음악을 집중해서 듣는 경우는 생각보다 드물다. 뮤직비디오나 라이브를 보는 게 아닌 이상, 음악은 뭔가를 하면서 배경에 깔아두는 용도로 쓸 때가 많다. 나는 음악을 흘러나오는 시간만큼의 여행이라고 상상해보길 권유한다. 내가 원하는 음악을 듣는 순간만큼은 오롯이 나를 위해 시간을 쓰는 것이다. 가사를 신경 써서 듣는 것도 좋고, 명상하듯이 떠다니는 생각들을 관찰해도 좋다. 어떤 음악은 내게 필요한 주파수를 맞추고, 마음을 고요하게 가라앉힌다. 어떤 음악은 내 눈물 버튼 혹은 행복 버튼을 누른다. 음악을 집중해 듣다 보면, 내 기억과 감정이 얽힌 음악이 이토록 많다는 사실에 놀랄 것이다.

집중해서 음악을 들은 뒤에는 그 음악을 다시 들으며 글을 쓴다. 나의 경우 같은 노래를 반복해 들으며 글을 쓸 때가 많지만, 다음 곡으로 넘어가게 내버려둬도 괜찮다. 융플리의 규칙은 행동을 유발하기 위한 최소한의 가이드일 뿐, 참여하는 사람의 마음을 최우선으로 두고 느슨하게 유지하고 있다. 융플리는 2주는 아침에 진행되고, 2주는 밤에 진행된다. 아침에는 모닝 페이지처럼 현재 생각의 흐름을 엿볼 수 있는 글이 많이 올라오고, 밤에는 하루를 돌아보는 일기가 많이 올라온다.

일상에 리추얼을 도입하는 것을 더 수월하게 해주는 팁이 있다. 공간 안에 원하는 행동을 유도해줄 장치를 시스템처럼 심어놓는 것이다. 이를테면 건강한 아침을 먹기 위해 원하는 재료를 냉장고 안에 채워두기. 내일 듣고 싶은 음악을 미리 골라 스피커나 이어폰을 세팅해두기. 자기 전에 침대 옆에 물 한 컵을 준비해두기. 그러면 일어나자마자 손을 뻗어 물을 마시는 것이 쉬운 일이 된다. 그 반동으로 이불 정리를 하고 음악을 들으며 글을 쓰기까지 원하는 행동들을 순조롭게 이어서 할 수 있다.

융플리의 가장 마지막 단계는 나의 음악과 글을 리추얼 방에 공유하는 것이다. 음악과 글을 캡처해 멤버들이 모여 있는 온라인 방에 올려서 리추얼을 했다는 인증을 한다. 처음에는 음악을 들으며 기록하는 행위 자체에 의미를 두었는데, 시간이 흐를수록 '공유'의 의미가 커졌다. 이미 알고 있던 음악이라 하더라도, 누군가의 이야기를 통해 그 음악을 다시 보고 듣는 건 새로운 경험이었다. 누군가에게 소중한 음악이 내 것이 되기도 했고, 위로가 필요한 순간 어떤 문장에서 큰 위로를 받기도 했다. 멤버들의 음악과 글에 다른 멤버들의 따뜻한 댓글이 달리는 걸 보면 나만 이런 감정을 느끼는 건 아닌 모양이다. 어느새 우리의 플레이리스트에는 수천 개의 이야기와 거기에 연결된 수천 개의 음악이 쌓였다. 소중한 융플리 멤버들과의 이야기가 수두룩하게 쌓였다.

가진 것을 나누기 위해 시작한 리추얼로부터 내가 더 많은 것을 얻고 있다. 매일의 기록이 내가 하는 다양한 활동에 도움을 주기도 하지만, 음악과 이야기를 사랑하는 사려 깊은 동료들을 얻은 것이 무엇보다 감사하다. 우리는 느슨하게 연결되어 실제로 만나지 않아도 깊은 유대감을 느낀다. 몇 달간 우리는 따로 또 같이 바다를 보고, 전시를 보고, 음악을 듣고, 글을 쓰고, 서로의 글을 읽었다. 몇 명과는 자연스럽게 오프라인 만남까지 가졌다. 알지 못했던 누군 가와 이렇게까지 연대하게 만든 것도 역시 음악의 힘일 것 이다.

손으로 쓴 글을 공유하는 멤버들이 많아서 그런지 융 플리는 아날로그적인 느낌이 난다. 디지털 세상의 아날로 그적인 음악 동아리 같다. 빠르게 흐르는 세상에서 작은 낭 만을 꼭 쥐고 있는 모임이다. 서로에게 편지를 쓰는 펜팔 친구들처럼, 융플리 멤버들의 음악과 글은 매일 내게 따뜻 한 에너지를 영양제처럼 채워준다.

언젠가부터 융플리는 나라는 개인의 손을 벗어나 자 기만의 독자적인 생명력을 갖게 되었다. 융플리 멤버들 한 명 한 명의 시선과 에너지가 모여 포근한 가상공간이 되었 다. 달이 지날수록 융플리 멤버들이 붙여주는 별명도 더 큰 세계관으로 확장되었다. 21세기 음악 클럽. 우리만의 라디 오. 음악 잡지. 바다. 정원. 급기야는 우리들의 문화를 가진 마을까지. 「웰컴 투 동막골」에 나오는 신비로운 마을처럼, 「인사이드 아웃」에서 빙봉이 살던 나라처럼, 동심과 가까 운 서로의 마음을 보살피는 온라인 공간이 생겼다.

"해가 긴 여름밤, 동네 주민들이 정자에 하나둘씩 모여 수다 떠는 기분이었어요."

융플리 멤버였던 수지 님의 표현처럼, 낯선 타인들이 이 마을의 주민이 되어, 정자에 모여 수다 떨듯이 각자의 이야기를 공유하고 서로를 보듬는다. 융플리 마을이 열린 이래 이곳에 몇 달째 살고 있는 주민도 있고, 몇 달간 지내다가 외부 세계를 여행하고 다시 돌아오는 멤버도 있다. 매달 새로운 융플리가 시작되면, 기존 멤버들은 처음 참여하는 입주민들과 돌아온 여행자들을 열린 마음으로 환영한다.

온라인 줌 미팅도 마을 콘셉트를 살려서 운영하고 있다. 첫 줌 미팅은 환영회가 되었고, 번개는 반상회라고 이름 붙였다. 멤버들의 의욕을 북돋는 '리추얼 치어리더'로서 나와 함께 융플리를 만들어가고 있는 지환 님은 든든한 마을 지기이다. 매주 우리가 들은 곡들을 플레이리스트로 만들어 공유하고, 매주 우리의 리추얼을 트래킹해준다.

나를 위해 하던 개인의 의식이 다정한 영혼들과 연결되며 서로를 정겹게 감싸는 우리의 의식으로 발전되었다. 나이와 경력 등 누군가를 단번에 분류하고 규정짓는 수식어들과는 상관없이, 음악과 글을 사랑하는 영혼 대 영혼으로 서로를 있는 그대로 존중하고 아끼는 친구 사이가 된다. 요즘 나의 가장 큰 즐거움 중 하나는 융플리 멤버들이 밖에서도 연결되는 것을 보는 것이다. 꾸준히 리추얼을 함께 한 몇몇 멤버들은 현실 세상에서도 만나거나 책을 읽는 모임 등의 활동을 함께 하며 좋은 에너지를 주고받고 있다.

앞으로 융플리에서는 또 어떤 반짝이는 마음들을 만나게 될까. 융플리는 또 어떤 형태로 발전할 수 있을까. 요즘 메타버스가 유행이라던데, 융플리가 가상 마을처럼 될 줄은 몰랐다. 이렇게 한 권의 책이 될 수 있을 줄도 몰랐다. 한 달에 한 번씩 열리고 닫히는 이 세계에 엄청난 애정이 생겨버렸다. 매달 음악과 이야기를 사랑하는 다정한 영혼들에게 이렇게 인사할 수 있어서 기쁘다.

"융플리 마을에 오신 것을 환영합니다."

✖ 좋은 걸 좋다고 말하는 힘

사랑에 빠지면, 세상 사람들에게 알리고 싶은 법입니다.

– 칼 세이건

작은 것에 쉽게 감동하는 편이다. 감동을 받은 사람이 감동을 전할 수 있는 법. 쉽게 감동하는 사람들은 마케터나 작가로 일할 때 도움을 받을 확률이 높다. 남들이 지나칠 만한 장면에서도 아름다움을 포착할 수 있다는 건, 평범한 것을 특별하게 바꿀 수 있는 재주가 있다는 뜻이다. 사람들에게 메시지를 전하는 이야기꾼으로서의 자질이 있다는 것이다.

사랑하는 마음은 가장 강력한 브랜딩의 원천이 된다. 내가 사랑하는 천문학자 칼 세이건의 말처럼 사랑에 빠지면, 누군가 혹은 무언가가 얼마나 특별한지, 나만 알고 있는 디테일과 내 마음에 감동을 준 이야기들을 전하고 싶어진다. 사랑에 빠진 사람들은 뭉뚱그려 얘기하지 않는다. 넓디넓은 세상에 하나뿐인 고유함을 클로즈업해서 묘사한다. 나는 누군가가 어떤 대상에 푹 빠진 채로 묘사하는 것을 보면 그 사람이 느끼는 감동을 고스란히 이어받아 그 대상의 팬이 된다. 그와 동시에 초롱초롱한 눈빛으로 설명을 하고 있는 사람의 팬이 된다. 사랑에 빠진 얼굴에 잘 동화되는 편이다.

좋은 것이 보이면 여기저기 떠들고 다니는 습관이 있어 천상 마케터라는 소리를 듣는다. 애쓰지 않아도 쉽게 경탄하고 예찬하게 된다. 자연, 예술, 브랜드, 공간, 물건뿐만 아니라 사람에 대해서도 마찬가지다.

나에게 능력이 있다면 어떤 대상 혹은 어떤 순간이 가진 반짝거림을 포착해 이야기로 정리하는 일. 내가 감동받은 순간들을 앨범처럼 언젠가 꺼내보고 싶을 것 같아서 기록을 통해 그 순간들을 붙잡으려고 노력한다. 그 기록이 누군가에게 도움이 될 수 있다는 걸 깨달은 이후로는 주변에도 적극적으로 나누고 있다.

나의 글쓰기와 여러 프로젝트는 모두 이 마음에서 출

발했다. 개인적으로 운영하는 다능인을 위한 뉴스레터 겸 커뮤니티 사이드 프로젝트(sideproject.co.kr)도 그렇게 시작됐다. 사이드 뉴스레터에서는 내게 영감을 주는 사람들을 '인생을 스스로 디자인하는 사람들'이라고 정의하고 인터뷰한다. 내가 받은 감동이 다른 이에게도 물결의 파장처럼 은은하게 퍼지는 과정을 보는 것이 즐겁다.

비슷한 이유로 어떤 말을 입 밖으로 꺼냈을 때 듣는 사람이 기분 좋아질 수 있는 말이라면, 수줍어도 일부러 그 말을 더 한다.

고맙다. 예쁘다. 멋지다. 사랑스럽다. 잘한다. 재밌다. 영광이다. 맛있다. 팬이다. 좋아한다. 최고다. 응원한다.

위의 감탄사들은 내가 평소에 가장 자주 쓰는 표현이다. 말을 건넬 때의 쑥스러움만 잠시 접어두면 듣는 사람도 기분이 좋아지고, 그 모습에 말을 꺼낸 나도 덩달아 기분이 좋아진다. 행복을 느끼고 웃음 짓는 순간이 조금이나마 더 늘어난다. 구체적으로 칭찬을 하면 멋쩍어하고 몸 둘 바를 모르겠다는 듯이 행동하는 사람들의 모습을 보는 것도 좋다. 그래도 결코 싫지 않은 표정. 그런 모습이 귀여워서 괜스레 또 흐뭇해진다.

그렇다고 빈말로 응원하고 칭찬하지는 않는다. 나는

생각하는 그대로 표정에 드러나는 인간이라, 공감 가지 않는 행동에 좋다고 말하는 건 정말 못한다. 좋은 건 좋다고, 아닌 건 아니라고 말해야 직성이 풀리는 성격이다. 애정에 기반한 뼈 있는 말이 필요한 순간도 있다. 중요한 가치가 지켜지지 않을 때는 무조건적인 응원보다 제동을 걸어줄 누군가가 필요하다. 더 나은 방향을 제시해줄 수 있는 현명한 친구를 곁에 둘 때 우리는 더 큰 사람으로 성장할 수 있다.

그럼에도 역시, 다정한 말 한 마디가 세상을 조금 더 살기 좋은 곳으로 만들 수 있다고 믿는다. 말 한 마디에 누군가를 어둠 밖으로 꺼내줄 수도 있는 빛의 조각이 들어 있다. 진심을 담은 따뜻한 말들은 고스란히 내게로 되돌아온다. 칭찬은 전염성이 강해서 기분 좋은 말은 또 다른 기분 좋은 말로 전해진다. 게다가 칭찬은 돈도 안 드는 일. 밑져야 본전이 아니라 말하는 순간부터 좋은 에너지를 끌어당긴다. 그러니 기왕이면 좀 더 자주 다정한 말들을 건네보시길! 아끼는 사람에게도, 스스로에게도.

좋은 걸 좋다고 말하는 습관은 융플리에서도 지속되었다. 실제로 '어떻게 이렇게 좋은 사람들만 모였지?' 싶을 정도로 매일같이 멤버들에게 반한다. 밑미가 '나를 만나기 위한' 서비스를 제공하다 보니, 아무래도 자신의 내면을 꾸준히 들여다보고, 계속 배우며 성장하는 사람들이 모이는가 싶다.

에너지란 참 신기하다. 전혀 만나본 적이 없는 사람이더라도 글을 통해 에너지가 화면을 뚫고 나온다. 이야기 속에 주파수가 담기는 것 같다. 멤버들이 전해주는 음악, 글, 사진, 그림이 좋아서 속으로 박수를 치고 댓글로 내 마음을 표현한다. 종종 멤버들의 글에서 마음에 드는 문장을 캐치해 다시 그대로 댓글에 받아 적는다. 그렇게 누군가의 문장을 조명한다. 나는 당신의 이 문장이 좋았다고, 내 마음에 울림을 주었다고, 최선을 다해 표현한다.

> 우리는 모두 잘못을 지적해주고, 어떻게 하면 바른 길을 갈 수 있을지 조언해주고, 삶이라는 긴 여정에서 용기를 북돋아주고, 지지해주고, 일깨워주고, 협력해주고, 영감을 주는 존재들을 필요로 한다. ― 데이비드 브룩스, 『인간의 품격』

융플리의 첫 모임부터 지금까지 함께하고 있는 가장 오래된 멤버 수진 님이 전해준 문장이다. 나도 이런 존재가 되고 싶다고 생각하는 한편, 내 주변에는 이런 존재들이 가득한 것 같아 매일 감사하다.

댓글로 서로를 다정히 응원하는 것은 융플리 마을의 문화로 자리 잡았다. 좋은 것을 보면 좋다고 함께 이야기해 주는 멤버들이 있어 혼자였다면 못 했을 일도 꾸준히 하게 된다. 이전까지 기록을 꾸준히 해본 적이 없었다는 멤버들도 1년 가까이 융플리를 함께 하면서 음악과 이야기로 빼곡히 채운 노트를 여러 권 갖게 되었다.

몇 달간 융플리를 함께 하고 있는 멤버 예원 님은 이런 말을 했다.

"내가 만나는 사람들의 조각이 모여서 '나'라는 사람이 이루어지는 것 같아요. 저도 누군가에게 의미 있는 조각이 되고 싶어요."

이렇게 예쁘게 개인의 영향력을 표현하는 문장이 또 있을까. 우리는 늘 서로에게서 배운다. 한 사람 한 사람 어떤 형태로든 영향을 주고받는다. 누군가를 이루는 조각이 된다. 어떤 조각이 되고 싶은지는 우리의 선택과 행동에 달려 있다.

다정한 말 한 마디를 건넬 수 있다는 것은 내 마음이 그만큼 건강하고 여유롭다는 걸 의미한다. 몸과 마음의 여유가 없을 때, 짜증도 더 잘 내게 되고, 소중한 사람에게 상처를 주는 말을 내뱉기도 한다. 나 역시 그럴 때가 있었다. 하지만 언제까지나 그런 사람으로 남고 싶지는 않았다.

기왕이면 나는 용기의 조각으로 남고 싶다. 남들에게 피해나 상처를 주지 않는 이상, 다양성을 존중하고 누군가의 자기다운 선택을 응원할 것이다.

나에게 소중한 가치들을 두고 내가 먼저 타협하지 않기 위해서 몸과 마음의 건강을 잘 지키자고 다짐한다. 매일 나의 리추얼에 기대어 몸과 마음의 여유를 찾는다. 따뜻한 에너지를 많이 받고 있는 만큼, 감사하는 마음을 간직한 채 좋은 에너지를 나누는 사람이 되고 싶다. 그 출발은 좋은 걸 좋다고 말하는 힘이다. 예쁜 말들의 형태로 좋아하는 사람에게 에너지를 전달한다.

멋진 사람들을 멋지다고, 좋은 걸 좋다고 알리는 게 나의 일상이자 일이 되었다. 나는 복 받은 사람이 틀림없다.

✖ 글로 사진 찍기

2017년 혼자 여행을 다닐 때, 스페인 발렌시아의 아름다운 광장 앞 에어비앤비에서 묵었다. 어느 날 저녁, 핸드폰을 방에 두고 나왔다. 낯선 여행지에서 의도적으로 로그아웃한 채로 시간을 보내고 싶었다. 곧바로 숙소로 되돌아가 가지고 나올 수도 있었겠지만, 그러지 않았다. 핸드폰이 없다는 불안감은 잠시뿐, 그 이후로는 오히려 해방감을 느꼈다.

광장에 앉아 몇 시간 동안 사람들을 구경했다. 노을과 함께 광장의 분수대가 붉게 물들기 시작했고, 핸드폰도 카메라도 없던 나는 눈에 보이는 아름다운 장면들을 사진 찍듯이 노트에 기록했다. 빈 캔버스에 물감으로 장면을 담는 화가처럼, 빈 종이에 글로써 장면을 담았다.

Plaza de la verge. 낭만이 일상인 광장.

거대한 남자 석상이 가운데에 앉아 있는 분수대가 있다. 이
분수대를 등지고 앉으면 적당히 넓은 광장이 한눈에 들어
온다. 광장에는 검은색과 붉은색이 뒤엉킨 대리석이 깔려
있다. 야외 테이블에 앉아 늦은 저녁을 먹는 사람들 앞에서
길거리 연주자가 클라리넷으로 웅장한 느낌의 오페라곡들
을 불고 있다. 제목은 잘 모르겠지만, 들으면 누구나 아는
대중적인 곡들이다. 분수의 물소리와 클라리넷 소리가 섞
여 광장에 울려 퍼진다.

분수대에 앉아 있으니 제각각의 모습으로 사진 찍는 사람
들이 보인다. 지금 이 순간에도 내 왼쪽에는 할머니가 할아
버지 사진을 찍어주고 있고, 오른쪽에는 하얀 옷을 맞춰 입
고 셀카 찍는 중년의 커플이 있다. 20대처럼 보이는 여자
셋이 깔깔거리며 셀카를 찍는다. 분수대에 배경처럼 녹아
사진 찍어주는 사람들을 구경하고 있으니 얼마나 웃긴지
모른다. 무릎 꿇고 사진 찍는 아저씨. 핸드폰을 들고 천천
히 360도로 도는 여자. 번갈아가며 사진을 찍어주고 급히
자리를 뜨는 그룹.

이들은 서로에게는 관심이 없다. 가만히 앉아 사람 구경을 하고 있는 사람은 나밖에 없는 것 같다. 투명 인간이 되어 조금은 다른 차원에서 구경하는 느낌이다. 아, 그런데 내가 아예 안 보이는 건 아닌가 보다. 같은 자리에 가만히 앉아 있어서 그런지, 벌써 세 번째 부탁을 받고 분수를 배경으로 사람들의 사진을 찍어줬다.

오른쪽으로 고개를 꺾으니 아까 그 하얀 옷을 입은 중년 커플이 키스를 하고 있다. 진하게 키스를 하고 안아주더니 분수대 앞 광장에서 클라리넷의 오페라곡에 맞춰 춤을 춘다. 남자는 한 손엔 담배를 들고 있고, 여자는 꼬불꼬불하게 틀어 올린 똥머리에 선글라스를 걸치고 진주 귀걸이를 하고 있다. 이탈리아 사람들인가. 스페인 사람들인가. 두 사람의 몸짓에서 서로 아껴주고 사랑하고 있음이 느껴진다. 나까지 덩달아 기분이 좋아진다. 나이가 들어도 저렇게 사랑하는 모습이 몸에 배어 있으려면 어떤 과정이 있어야 할까. 어울리는 옷을 맞춰 입고 광장에서 즉흥적으로 춤을 출 수 있는 사람과 함께 나이 들고 싶다. 곡이 멈추자 천천히 걸음을 옮겨 클라리넷 연주자에게 팁을 주고 사라진다. 멋있는 커플이다.

나의 글쓰기 요령을 공유할 때면 꼭 이날의 기억이 떠오른다. 자칫 잊힐 뻔한 그날의 장면은 핸드폰과 카메라가 없어 글로 담기 위해 자세히 관찰하고 구석구석 뜯어본 덕분에 더 생생한 기억으로 남았다. 특별함을 만드는 것은 무엇인가 생각해보게 되는 대목이다.

눈에 보이는 장면들을 사진 찍듯이 기록하는 요령에 '글로 사진 찍기'라는 이름을 붙였다. 눈앞에 내가 원하는 크기의 프레임을 설정해두고, 그 안에서 보이고 느껴지는 것들을 글로 써보는 것이다. 평범해 보이는 일상도 '글로 사진을 찍듯이' 기록해보면 특별해진다. 상세하게 관찰하고 표현하게 된다. 보이지 않던 것들이 보인다. 색깔, 재질, 움직임, 소리…… 누가 어떤 옷을 입었는지를 표현할 수도 있고, 길을 지나는 사람들의 이야기에 귀 기울여볼 수도 있다. 시간을 들여 관찰하고 글로 담아내는 순간, 작고 소박한 어떤 것이든 미래에도 기억될 만한 하나의 장면으로 남는다. 소리, 시간, 움직임을 기록할 수 있고, 프레임에 제한이 없다는 것이 카메라로 찍은 사진과의 가장 큰 차이점이다. 카메라로 담은 장면은 찰나이지만, 글로 담은 장면은 과정이다.

글로 사진을 찍는 작가들을 좋아한다. 이슬아 작가의 글을 읽을 때는 너무 생생하게 그림이 그려져서 글을 읽는 중간중간 나도 모르게 자꾸 이슬아 작가의 사진을 쳐다보곤 했다. 글로 사진을 찍고 편집해서 보여준다는 점에서 작가는 일상의 감독 같다는 생각을 한다.

융플리에도 그림이 그려지는 글을 쓰는 멤버들이 많다. 1년 가까이 융플리를 하고 있는 멤버들은 음악을 디깅하는 능력도, 글쓰기 능력도 나날이 느는 것이 보인다. 글쓰기를 목적으로 모인 곳은 아니지만, 매일 글을 쓰다 보니 자기도 모르는 새에 일상을 관찰하는 눈이 길러지고, 글쓰기 근육이 붙었다. 멤버들의 글을 읽을 때면 작가란 따로 있는 것이 아니라, 지속적으로 나의 하루와 마음을 관찰하고 들여다보고 표현하는 사람이 곧 작가라는 생각을 한다.

자기 인생의 작가가 되어 전하는 이야기를 통해 그 사람의 세상을 여행한다. 타인의 시선으로 세상을 바라본다. 음악이 여행의 몰입을 돕는다. 음악과 글이 너무 잘 어울려서 이 좋은 걸 우리만 보기는 좀 아깝다는 생각이 들 때도 많다. 이를테면 이런 글이다.

융플리를 1년 가까이 함께 하고 있는 인경 님은 비 내리는 밤, 요가를 마친 후 필립 글래스의 「오프닝 (Opening from Glassworks)」을 이그나스 마크니카스 (Ignas Maknickas)의 피아노 연주로 들으며 이런 문장들을 썼다. 이 음악을 틀어두고 아래 글을 읽어보길 권한다. 서두르라고 재촉하는 환경에서 내 속도로 가도 괜찮다고 말해주는 요가원을 다니는 것이 얼마나 좋은지, 요가 수업 끝에 사바사나를 할 때가 얼마나 좋았는지를 설명한 뒤 쓴 문장들이다.

집에 돌아오는 길엔 신기하게도 온 세상이 반짝이고 신비로운 공간처럼 느껴지는 재밌는 경험을 했다. 지하철을 내려서 걸어가다 만둣집에서 한가득 퍼져 나오는 김도 비 오는 날의 공기와 섞여서 그런가 한껏 더 느리고 천천히 잔잔히 퍼져나가는 느낌이었다. 마을버스 앞자리에서 바라본 창문에는 잔잔한 빗방울과 여러 불빛들이 부딪혀 쉴 새 없이 반짝이는데, 와이퍼가 움직여 닦아내고 또 빗방울이 쌓일 때마다 반짝이는 종이로 만든 책을 한 페이지씩 넘기는 것 같았다.

버스를 내려서는 가로등 불빛에 비치는 빗줄기와 그 빛이 닿은 식물들의 색이 너무 선명해서 잠시 바라보았다. 그리고 막 푸릇푸릇해지고 있는 여린 초록색들 위의 물방울들도 쉴 새 없이 반짝이고 있었다. 그 사이를 걸어가고 있는데 정말 매일 지나가는 길인데도 다른 공간처럼 느껴져서 집에 바로 들어가지 못하고 몇 번을 돌아보았다. 이런 편안하고 아름다운 월요일이 또 찾아올까 하는 아쉬운 마음을 안고 왠지 이 곡이 생각나서 내내 듣는 밤이다.

나는 이 문장들과 여러 번 사랑에 빠졌다. 비 내리는 밤에 '만둣집에서 한가득 퍼져 나오는 김'을 상상하게 되고, 마을버스 앞자리의 와이퍼가 비를 닦아내는 장면은 눈앞에 그려진다. 필립 글래스의 음악을 들으며 이 글을 읽으면, 누군가는 무표정하게 바라봤을 테지만 인경 님에게는 신비로웠을 그날 밤의 장면 속으로 초대받은 듯한 기분이 든다. 영화 오프닝을 보듯이 머릿속에 음악과 함께 릴이 돌아간다.

지속적으로 융플리를 하고 있는 멤버 서정 님은 조금은 촌스러운 취향을 가지고 있다. 빈티지한 원피스와 공간, 영화 「중경삼림」, 이런 가수들은 어떻게 알았지 싶은 80년대 일본 아이돌을 좋아한다. 그리고 자신의 고양이와 차(茶)를 사랑한다. 가끔 우리에게 녹차, 홍차의 차이 등 차에 관한 다양한 이야기를 들려주고 차 소믈리에처럼 음악과 함께 추천해준다. 차와 음악을 페어링한 글들은 따뜻한 차 한잔을 마시기 위한 완벽한 안주 같다. 5월의 어느 날 서정 님은 우리에게 '로제 로얄'이라는 홍차를 오하시 준코의 「크리스털 시티(Crystal City)」와 함께 소개해주며 이런 글을 썼다.

봄여름엔 무조건 녹차를 마셔야 한다는 주의예요. 푸릇푸릇한 녹색 잎 차를 마시면 체온이 내려갑니다. 녹차는 비산화 차이기 때문에 몸을 차게 하는 성질이 있어요. 반대로 홍차나 보이차를 마시면 몸이 따뜻해지고요.

중국, 대만의 녹차와 일본의 녹차 모두 좋아해요. 중국, 대만 녹차는 잎의 모양이 온전히 유지된 형태예요. '태평후괴' 같은 녹차는 심지어 다시마처럼 큽니다. 잎 전체를 채엽해서 사용한다는 자부심을 보여줘야 하니 구태여 티백 속 가루처럼 빻아놓을 필요가 없죠. 잎이 큰 녹차가 무조건 좋은 녹차라는 게 아주 틀린 말은 아니지만 일본 녹차는 예외로 쳐야 해요.

일본 녹차는 덖는 방식보다 증기로 찌는 방식으로 만들어져 잎이 잘게 바스라져 있는 게 디폴트예요. 이것이 센차. 센차 중에선 똑같이 잎이 바스라졌어도 고급인 옥로가 있고 일반 센차가 있어요. 아예 가루를 내버린 말차에도 농차, 박차 같은 고급이 있고 일반 고나차가 있고요. (중략)

아침에 말차를 마셨는데 어제오늘은 날이 차서 저녁에 홍차를 마셔요. 내일이 휴일이니 술이라도 한잔할 기분인데 술이 잘 받지 않으니 '로제 로얄'이라는 가향 홍차로 대신합니다.

역시나 음악을 들으면서 읽으면 일본 애니메이션 혹은 단편 영화의 한 장면을 보는 것만 같다. 서정 님의 글과 선곡과 확실한 취향에 자주 놀라고 감탄한다. 녹차와 홍차에도 종류가 많다는 것은 알고 있었지만, 이렇게 깊은 세계일 줄이야. 정말 좋아해야 나올 수 있는 디테일한 문장들 속에서 즐거운 마음으로 서정 님의 세상을 향해 작은 여행을 떠나곤 한다.

글쓰기는 내면을 들여다보는 일이다. 말로 할 때는 표정과 제스처로 이리저리 돌려 말하며 이해시킬 수 있지만 글은 명확해야 한다. 문장의 흐름이 말이 되게끔 정리를 하다 보면 생각도 정리가 된다. 내가 하고 싶었던 이야기가 이거구나, 글을 쓰면서 역으로 깨달은 적이 많다. 내 안의 중심이 단단해진 것은 어떤 방식으로든 계속해서 글을 썼기 때문이다. 내가 어떤 사람인지를 알아가며 가까이할 것과 멀리할 것들을 구분할 수 있게 됐다.

내면과 대화를 나누는 우리는 각자가 전하는 삶의 단편을 통해 서로를 알아간다. 어떤 회사에서 어떤 일을 하는가가 아니라, 오늘은 어떤 것들을 바라봤고 무엇을 느꼈는지 하루치의 조각을 통해 서로를 알아간다. 이 역시 흔하지 않은 경험이었다. 하는 일과 관계없이 누군가를 먼저 알아가는 것. 막스 리히터와 우주를 좋아하는 경혜 님. 매일 밤 달을 관찰하는 주미 님. 춤을 사랑하고 글에서도 통통 튀는 에너지를 발산하는 소정 님. 단어 하나를 곱씹으며 경계의 고민을 즐기는 지환 님.

이렇게 구체적인 특징으로 멤버들을 먼저 이해하고 기억하게 되었다. 그들이 어디에 소속되어 어떤 일을 하는 사람인지는 한참이 지난 후에야 알았다. 우리에게 그 사람의 직업이란 그저 그를 이루는 하나의 조각일 뿐이었다.

　　매일 융플리를 통해 들여다보게 되는 타인의 일상은 그 사람이 가지고 있는 취향의 세계만큼 다채롭다. 멤버들이 음악과 함께 부지런히 전해주는 삶의 단편은 우리가 얼마나 다르면서도 같은 존재인지를 상기시킨다. 똑같은 노래로 융플리를 할 때면 얼마나 다양한 글이 나오는지 놀라울 따름이다. 같은 노래를 들어도 모두가 다른 기억을 떠올리고, 다른 부분에 감명을 받아 다른 글을 쓴다. 그 모습에는 한편으론 아름다움이 있다. 하나의 노래가 70억 개의 다른 이야기로 해석될 수도 있다는 사실을 멤버들의 글을 보며 실감한다.

　　고유의 방식으로 반짝거리는 시선 틈에서 매일 유영하며 평범함 속의 특별함을 발견한다. 언젠가 먼 미래에 꺼내볼 수 있는 앨범 같은 일기장을 내 버전만이 아닌, 내가 아끼는 수십 명의 버전으로도 갖게 되었다. 그렇게 내 마음에 물과 거름을 주는 이야기들이 매일매일 채워지고 있다.

✖ 나에서 우리가 되면

취준생 시절, 어떤 광고 회사에 카피라이터로 지원할 때 소문자 i를 가지고 내 나름대로의 카피를 만들어 자기소개서에 쓴 적이 있다. 스토리텔러를 꿈꾸는 어른 아이(i)라고 나를 정의하고, 목차를 모두 i로 시작하는 단어로 만들었다. 영감(inspiration). 상상(imagination). 아이디어(idea). 창조(innovation). 프레젠테이션으로 장마다 각 단어에 해당하는 나의 생각과 경험을 정리했다. '영감' 부분에는 음악, 여행 등 내가 좋아해서 쌓아온 경험을 추가하고, '창조' 부분에는 내가 지금까지 만들어온 것들이 지금의 내 포트폴리오처럼 쭉 들어가는 형식이었다.

그다음에는 이 네 가지 단어를 하나의 흐름으로 만들어 한 문장으로 정리했다. 나는 '영감'을 받아 '상상'하고, 이를 토대로 '아이디어'를 내고, 행동으로 옮겨 '창작'하는 사람이라고. 내가 생각하는 창조란, 아이디어가 될 수 있는 씨앗을 먼저 찾아내 땅에 심은 후, 물도 주고 잡초도 뽑고 정성스럽게 키워 한 송이의 꽃으로 피워내는 일이라고. i로 시작하는 단어들을 사용해 나(i)를 표현했다.

마지막에서 두 번째 장표는 또 다른 방식으로 i를 활용해 나의 강점을 소개했다.

i = 아이 + eye

사람들이 말하는 어른이 된다고 해서 마음속에 존재하는 '아이'를 무시할 필요는 없다고 생각합니다. 아이처럼 좋아하면 하고 보는 단순한 추진력과 세상에 관한 관심과 호기심. 저만의 경험과 상상력으로 얻게 된 시선(eye)이 저의 강점입니다.

20대 후반에 했던 생각이나 지금 하는 생각이나 비슷하다. 마음속의 아이와 나의 시선을 지켜나가고 싶다는 생각은 오히려 강화되었다. 마지막 장표는 i를 뒤집어버린다. 아직도 보여줄 게 많으니 나머지는 이 회사에 들어가면 보여주겠다는 당돌한 메시지와 함께, i를 느낌표로 치환한다.

i = !

결과적으로 서류 전형에는 합격했지만 시험을 봐야 했던 다음 단계에서 떨어졌다. 하지만 소문자 i를 보면 내 나름대로 정리했던 영감의 흐름, 내면의 아이, 세상을 바라보는 시선(eye), 그리고 느낌표가 떠오른다.

융플리에서도 다양한 i를 얻고 있다. 점이 선으로 연결되는 경험은 꼭 일과 관련된 것에서만 일어나지 않는다. 음악과 이야기를 꾸준히 나누는 융플리 멤버들이 생긴 후로 전구에 불이 켜지는 것처럼 일상의 느낌표가 떠오르는 순간이 많아졌다. 서로 상관없어 보이는 것들이 나에게는 이해가 가는 맥락 속에서 연결된다. 똑같은 것을 봐도 여러 생각이 겹쳐서 떠오른다. 각자의 취향이 엮이며 더 풍요롭고 입체적인 경험을 하게 되었다.

융플리를 첫 달부터 꾸준히 해오고 있는 수진 님은 음악과 글을 예술 작품이나 사진에 기가 막히게 연결하는 재주가 있다. 수진 님이 올려주는 사진과 글만 봐도 전시를 보는 기분이 든다. 융플리 마을로 비유하자면, 수진 님은 마을의 큐레이터와 같다. 다른 멤버가 찍어서 올려주는 사진이나 그림을 보고 떠오르는 음악을 추천해주기도 한다. 달이 흐를수록 수진 님의 디깅 방식이 점점 고도화되는 것을 보는 건 개인적으로도 큰 즐거움이었다.

어느 날, 달항아리의 매력에 푹 빠져 있던 수진 님에게 클래식 음악과 와인 전문가인 우디 님이 댓글로 드뷔시의 「달빛」을 추천해준 적이 있다. 나는 김환기 작가도 달항아리를 사랑했다는 이야기를 전해주었다. 그로부터 며칠 후 덕수궁의 '미술이 문학을 만났을 때' 전시에서 수진 님은 우연히 김환기 작가의 달항아리 그림과 마주친다. 그날의 기억을 담은 아래의 글은 피아니스트 조성진이 연주한 드뷔시의 「달빛」을 틀어두고 읽어보길 권한다. 글을 읽은 뒤에는 김환기 작가의 「달밤」과 달항아리 작품들을 찾아봐도 좋을 것이다.

1930~1940년대 '문학'과 '예술'에 헌신했던 그 시대의 문인, 미술인의 이야기라는 간단한 정보만 알고 간 거였는데 생각보다 훨씬 좋아서 내적 환호를 몇 번 했는지!

들어서자마자 읽은 전시 소개의 '이전의 전통 사회와 지금의 현대사회를 잇는 엄청난 변혁의 시기로, 상상할 수 없이 빠른 속도로 신문화의 충격을 받아들이고 흡수하고 튕겨냈던 역동의 시대'라는 문구는 마침 어제 적은 요즘의 속도에 대해 말하는 듯했고, 세 번째 파트 중 경성의 시인과 화가들은 '시를 그림과 같이, 그림을 시와 같이'라는 명제하에 함께 어울리며 서로 정보를 교환하고 영감을 주고받으며 동료 의식을 공유하고, 깊은 연대감 속에서도 각자의 개성을 발휘한 자의식을 성장시켜나갔다는 문장 역시 요즘 내가 밑미, 그리고 다양한 사람들과의 영감 교류에 대한 생각을 정리해둔 것만 같았다.

그러다가 2층에서 김환기 「달밤」을 보는 순간 온몸에 소름이 돋아 혼자 움찔했다. 다녀와서 보니 이번 전시에서 처음 공개된 작품이라고 하는데 지지난주 달항아리에 대한 글과 음악을 남겼을 때, 혜윤 님이 김환기 화가님을 언급하셔서 더 눈에 띄기도 한 거였다.

큼직하고 둥그런 보름달 아래. 바닷가의 배들 또한 달과 같이 '두둥실' 떠 있다고 1951년 전쟁기에 부산 피란지에서 제작된 것이라는 설명이 더해져 있었다. 이어지는 「매화와 달과 백자」 그리고 「항아리와 매화가지」까지 눈에 담으며 융플리 리추얼이 생각났다.

지난 2주간 달항아리와 달에 대한 이야기를 자주 하며 들었던 곡들도 함께 생각나면서 평온한 시간과 좋은 사람들로 인해 내가 얼마나 다양하고 풍부한 것에 눈을 뜨고 마음에 담는 사람이 되어가고 있는지 깨닫게 되었다. 이러니 중독될 수밖에 없지.

수진 님의 글을 읽고서 며칠 뒤. 같은 전시장을 찾아 같은 그림 앞에 섰을 때, 수많은 기억이 엮여서 떠올랐다. 수진 님이 온몸에 소름이 돋았다고 한 그 자리에서 나도 온몸에 소름이 돋았다. 드뷔시의 「달빛」과 「달밤」이란 제목. 김환기의 「달밤과 달항아리」. 내가 본 현실의 달밤과 달항아리. 수진 님의 글. 멤버들의 댓글. 내가 썼던 댓글. 내가 김환기 작가를 좋아하게 됐던 과정.
　1~2초라는 찰나의 순간에 이 모든 장면들이 한꺼번에 떠올라, 나는 「달밤」이라는 작품을 보며 그 너머의 여러 가지를 보고 있었다. 머릿속 서로 다른 지점들이 파바박 연결되며 곳곳에서 느낌표가 불꽃처럼 터졌다. 마침 전시의 큰

주제가 "문학과 예술의 가치를 믿고 이를 함께 추구했던 예술가들 사이의 각별한 '연대감'"이었는데, 전시를 보는 동안 융플리를 비롯해 내 주위를 둘러싼 연대감이 떠올라 몸이 찌릿찌릿했다.

리추얼을 하는 동안 우리는 알게 모르게 서로 영향을 주고받았다. 삶에서 영감이 확장되는 순간들이 늘어나 유리구슬 안에서 마법이 일어나는 것처럼 여러 기억이 연결된다. 머릿속에 여러 개의 느낌표가 축제처럼 터질 때 함께 떠오른 것은 이를 가능하게 만든 여러 사람들이었다. 누군가와 연결됨으로써 더 풍부해진 감정. 몸의 세포들이 깨어나는 기분. 거기에서 나는 조용하게 떠오른 뿌듯함과 작은 기쁨을 눈치챈다.

'나'를 찾고, 가장 나다운 방식으로 사는 것이 점점 중요해지는 시대라고 하지만, 타인과의 의미 있는 연결이 빠진다면 아무리 나답게 산다고 한들 그게 무슨 의미가 있을까. 혼자서도 충분히 행복하고 그것이 본인의 선택이라면 그 역시 존중하지만, 나는 나만의 세상에 고립된 채로 행복할 자신이 없다. 혼자서 자유를 찾는다고 해도, 고독하지 않을까? 세상은 나 혼자만 살아가는 곳은 아니니까.

틀린 것과 다른 것을 구분하지 못하는 순간, 내 말만 옳다고 주장하고 소통을 차단해버리는 순간 '꼰대'라는 소리를 듣게 되는 것 같다. 내 생각에 꼰대가 되지 않는 방법은 간단하다. 나이, 성별, 학력, 경력 등 우리를 쉽게 분류하고 구분 짓는 잣대를 떠나서 소통이 가능하면 된다. 춤, 음악, 요리 등 공통의 관심사나 취미 생활이 있으면 순식간에 '말이 통하는' 친구가 될 수 있다. '좋아하는 것'에 대해 대화할 때 우리는 자연스럽게 언어와 출신, 학벌, 나이 등 우리를 가르던 기준들을 뛰어넘게 된다.

몇 년 전, 에어비앤비의 트립 호스트로 외국인 친구들에게 홍대의 인디신을 소개해주고 함께 공연을 보고 뒤풀이를 한 적이 있다. 당시에 일본인 밴드도 공연을 했는데 뒤풀이 장소에서 영어를 못 하는 일본인 드러머와 일본어를 못 하는 미국인 게스트가 서로 신나게 소리 지르고 재미있어하는 걸 보게 되었다. 이 미국인 친구는 취미로 드럼을 치며 밴드 활동을 했었는데, 두 사람은 말이 안 통하는데도 불구하고 서로 좋아하는 드러머의 이름을 공유하면서 그렇게 신난 것이었다. 한 명이 이름을 말하면 다른 한 명이 공감하고 웃으면서 즐거워하던 광경은 트립을 진행하며 가장 기억에 남는 순간 중 하나다. 좋아하는 것을 공유하면 언어의 장벽도 뛰어넘어 친구가 될 수 있다.

    융플리에서는 나이, 성별, 학력, 경력과는 아무 상관 없이 화합하는 모습을 자주 목격한다. 음악이라는 공통의 관심사를 매개로 친구가 되어 그런 것 같다. 융플리 멤버들은 자주 같은 전시장을 찾고, 다녀온 뒤에는 같은 음악을 골라 듣는다. 꼭 전시로만 연결되는 것도 아니다. 어떤 달에는 유난히 바다 사진을 많이 공유하고, 어떤 달에는 유난히 숲 이야기가 많이 나온다. 융플리에 달과 하늘을 유난히 사랑하는 주미 님이 들어온 뒤로는 우리는 자주 노을과 달의 아름다움을 예찬한다. '사선으로 기울어진 하현달'과 같은 표현을 자주 읽게 되었다.

    가장 최근에 열린 줌 반상회는 무려 두 시간 동안 이어졌다. 각자의 방식으로 음악을 사랑해왔다는 걸 확인할 수 있어 즐거웠다. 우디 님의 벽면 가득한 시디 컬렉션을 보는 것도 즐겁고, 알고 보니 밴드 동아리를 한 사람들이 많았다는 것도 즐거운 발견이었다. "사실 저도……" 하고 수줍게 손을 들어 어떤 악기를 연주했는지 밝히는 이들이 하나둘 나타났다. 누구를 덕질했는지 번갈아가며 덕밍아웃을 하기도 했다. 그 후에 주제가 '인생 무대'로 흘러가며 이야기가 길어졌다.

나는 2011년 지산 밸리 록 페스티벌에서 본 델리스파이스의 무대를 이야기했다. 페스티벌의 마지막 날 밤, 엄청난 폭우가 쏟아졌다. 머리끝부터 발끝까지 쫄딱 젖었다. 그래서 그냥 다 내려놓았다. 그곳의 모두가 그랬다. 이미 가방도 젖고 핸드폰도 맛이 간 상태였다. 집에 어떻게 가지 하는 걱정은 나중 일이었다. "에라 모르겠다. 놀자!" 하고는 영국 밴드 스웨이드를 보러 메인 무대로 옮기려는 찰나…… 기타 소리와 함께 익숙한 노래가 흘러나왔다.

"중2 때까지 늘 첫째 줄에, 겨우 160이 됐을 무렵 쓸 만한 녀석들은 모두 다 이미 첫사랑 진행 중……"

메인 무대에 누가 있든 발걸음을 옮길 수가 없었다. 눈앞을 가리는 빗물을 손으로 닦아내며, 나와 친구는 가던 길을 멈추고 되돌아가 델리스파이스의 무대 앞에 있던 수영장에 뛰어들었다. 관객들은 쏟아지는 비를 맞으며, 수영장의 물을 튀기며 델리스파이스의 「고백」을 떼창했다. 모두가 단체로 10대 시절로 돌아간 기분이었다. 혹시 그 레전드 무대 앞에 계셨던 분들?

"하지만 미안해, 네 넓은 가슴에 묻혀 다른 누구를 생각했어. 미안해, 너의 손을 잡고 걸을 때에도 떠올렸었어, 그 사람을."

온몸이 쫄딱 젖고, 핸드폰은 망가지고, 이 밤이 끝나면 집에 어떻게 돌아가야 할지도 알 수가 없는데, 그럼에도 마냥 행복하고 좋아서 눈물이 났던 무대. 그 무대를 이야기하는데 화면으로 보이는 멤버들의 표정이란. 나랑 똑같았다! 마치 그곳에 있던 사람들처럼 울먹거리고 있었다. 똑같은 무대 앞은 아니었을지라도, 그 무대 앞에서의 감정이 어떤 것인지 아니까. 소정 님은 그날의 줌 반상회를 '미간 대환장 파티'라고 이름 붙였다.

무대 앞의 행복한 기억을 회상할 때 사람들이 짓는 표정이 있다. 잠시 그곳에 다녀온 것처럼 상기된 표정으로 생생하게 장면을 묘사한다. 그 덕분에 그날 우리는 돌아가며 서로의 인생 무대 앞을 여행했다. 박효신 콘서트에 갔다가, 넬 콘서트에 갔다가, 콜드 플레이 콘서트에 갔다가, 코로나 시대의 페스티벌에도 갔다가.

20대 후반의 나는 영감의 흐름을 만드는 것은 온전히 '나'라고 여겼다. 아이디어 형태의 반짝이는 씨앗을 찾아내 한 송이의 꽃으로 피우는 것도 결국 '나'라고 생각했다.

서른세 살의 나는 여전히 그 생각에 동의한다. 하지만 때로 그 꽃을 피워내는 사람은 내가 아닌 다른 누군가가 될 수도 있다. 그 꽃을 선물하거나 선물받을 수도 있다. '나'에서 '우리'가 되면, 한 송이의 꽃이 아니라 혼자서는 상상하지도 못한 알록달록한 정원을 꽃 피울 수 있다.

✖ 우리들의 음악 일기장

융플리를 통해 경험한 일들 중 가장 놀랍고, 또 좋았던 것은 매일 누군가의 일기를 읽을 수 있다는 것이었다. 생각해 보면 난생처음 해보는 경험이었다. 아무리 가까운 사이라 해도 매일의 일기를 공유하지는 않으니까. 나는 매일 약 스무 명의 일기장을 읽는다. 그 사람이 직접 고른 음악을 틀어두고.

리베카 솔닛은 글쓰기를 "누구에게도 할 수 없는 말을 아무에게도 하지 않으면서 동시에 모두에게 하는 행위"라고 정의한다. 실제로는 만난 적 없는 사람들이기 때문에 아이러니하게도 어디에서도 하지 못했던 이야기를 솔직하게 꺼내게 된다. 그렇게 알게 된 이야기에 공감이 가고 위로를 건네고 싶어서, 공유해준 그 마음이 고마워서 따뜻한 댓글을 단다.

멤버들의 글을 반복적으로 읽다 보면 그 사람의 캐릭터가 머릿속에 자리 잡는다. 어느 순간 그 캐릭터에 매료되어 이 사람의 다음 일상이, 다음 생각이 궁금해진다. 마치 한 달 동안 매일 이어지는 장대한 옴니버스 영화를 보는 것 같다. 이 영화는 언제나 밝지만은 않다. 누군가에게 기쁜 일이 일어난 날, 누군가는 아파하고 슬퍼한다. 삶의 오르락내리락이 모두의 일기를 읽는 동안 느껴진다. 누군가의 일기를 읽는 하루하루가 쌓여가며 깨달은 것은 단순한 사실이었다. 우리 모두 살아가고 있구나. 저마다 기쁜 일, 슬픈 일을 겪으면서. 한 명 한 명 각각의 방식으로. 일상의 모습은 다를지라도 그 안에서 느껴지는 감정은 익숙한 것들이었다.

2021년 봄에는 2월의 융플리 멤버였던 윤슬 님이 특별한 자작곡을 만들었다. 멤버들의 일기장에 있던 문장들을 노랫말 삼아 만든 것이다. 노래 제목은 「너의 일기장」. 노래를 반복해 들으면서 가사를 받아 적었다. 수진 님이 찍어서 공유해주었던 부산의 노을이 지는 파도 영상에 노래를 입혀 간단한 리릭 비디오도 만들었다.

너의 일기장

작사: 2월 융플리 멤버들
작곡, 노래: 윤슬

지금부터 아주 긴 이야기를 시작할 건데
믿어줄 수 있어요?

새벽 2시 퇴근 덜컥 겁이 나
이렇게 사는 게 맞는지
없어도 살아지는 것들을
왜 그리 부여잡고 살아왔는지
이럴수록 나를 꼭 안아줘야 해

오늘 나는 심란한 일이 많았는데
아들에겐 좋은 일이 있었대
며칠간 수척했던 아빠의 얼굴에
다시 미소가 찾아왔어

너의 일기장

너의 일기가 파도처럼 밀려와
난 히사이시 조에게 빚을 지고 있다고 생각해

매번 겪는 계절이지만 어쩜 이리도 좋은지
실제의 계절은 내 맘과 무관하게 흘러
그럴수록 딱 오늘 하루의 행복을 찾아

아직도 처음이 있단 건
어른에게 주어지는 선물 같아
서른아홉이 되어 만난 친구도
40년을 갈 수가 있대

너의 일기장. 너의 노래가 파도처럼 들려와
살아간다는 것에 우린 그냥 모두 다 함께야

난 너의 노래를 듣고, 넌 나의 노래를 들어
일상이 아름다우면 결핍을 느끼지를 않아

너의 일기장. 너의 일기가 파도처럼 밀려와
살아간다는 것에 우린 그냥 모두 다 함께야

Let's waste time chasing flowers

모두 다 꽃이야

Chasing cars, chasing flowers

모두 다 꽃이야

모두 다

 ▶ 전체 듣기
bit.ly/findyourjournal

열 명이 넘는 멤버들의 문장으로 만든 가사인데 마치 하나의 이야기처럼 이어진다. 예를 들면, '오늘 나는 심란한 일이 많았는데 아들에겐 좋은 일이 있었대'와 '며칠간 수척했던 아빠의 얼굴에 다시 미소가 찾아왔어'는 각각 아들을 키우는 멤버와 아빠와 함께 사는 다른 멤버의 문장이다. 아들을 바라보는 아빠의 시점과 아빠를 바라보는 딸의 시점이 교차해서 나오는데 묘하게 이해가 간다. 가족들의 모습이 떠올라 뭉클한 부분도 있다.

'난 히사이시 조에게 빚을 지고 있다고 생각해'는 캐나다에 사는 윤중 님의 문장이다. 나는 이 문장을 보며 미국에서 말이 통하지 않아 외로운 마음을 히사이시 조의 노래로 달렸던 고교 시절 나의 모습을 떠올렸다. '아직도 처음이 있단 건 어른에게 주어지는 선물 같아'라는 마음에 위로를 주는 문장도, 그다음에 나오는 문장도 모두 멤버들의 시선이 모여 만들어졌다. 이 노랫말 가운데 나의 문장은 이것이다. '살아간다는 것에 우린 그냥 모두 다 함께야.'

윤슬 님은 이 노랫말들을 하나의 흐름으로 만들기 위해 어떤 노력을 기울였을까? 이 문장을 쓰기까지 있었던 누군가의 일상. 융플리가 만들어지고 문장들을 나누고, 윤슬 님을 만나 하나의 노래로 탄생하기까지, 지난 과정을 상상해보면 가슴이 벅찼다.

융플리 마을에서 화제가 됐던 자작곡은 또 있다. 올봄에 융플리 마을에 갑자기 나타나 따뜻하고 맑은 에너지를 전파하고 간 사람의 노래다. 이름은 허해찬. 입대를 앞둔 스물두 살의 청년. 해찬 님은 특유의 친화력으로 많은 멤버들과 순식간에 친구가 되었다. 그는 자신의 첫 자작곡을 우리에게 제일 먼저 들려주었고, 7월의 마지막 융플리 날, 멤버들의 반 이상이 해찬 님의 자작곡으로 그 달의 마지막 리추얼을 했다.

지나는 여름에게

작사, 작곡, 노래: 허해찬

때 묻은 일기장에 나를 남겼지
잠시 세상을 떠나간다고
주황빛 노을 지는 푸른 바다에
나의 기억을 재우고 왔어

언젠가 올 걸 알았지
지금의 내가 좋아서
내일로 미뤄뒀던 어제의 나를
잠시 세상에 홀로 두려 해

이번 여름이 가기 전에
나를 놓아줘요
올해의 낙엽이 질 때쯤에
우리 다시 만나요

해찬 님은 노래를 공유하면서 이런 일기를 덧붙였다.

어디선가 자랑할 만한 훌륭한 곡은 아니지만, 어느 노래도 해주지 않은 오로지 나에게 전하는 노래야. 많은 것을 경험하는 것이 유독 심한 겨울방학이었다면, 유난히 많은 것을 남기는 여름방학이다. 기록이 경험을 따라잡은 지금은, 생각의 늦여름이다.

성수동의 밑미홈에서 내가 『독립은 여행』 북토크를 진행했던 2021년 7월의 여름밤, 해찬 님은 자신의 '때 묻은 일기장'을 직접 가져와 보여주었다. 그날 모인 사람들이 웅성거리며 몰려들 정도로 해찬 님의 일기장은 반짝반짝 빛이 났다. 직접 오리고 제본해서 만든 정사각형의 두꺼운 일기장은 융플리를 함께 하는 4개월 동안 해찬 님의 사진과 그림, 손 글씨로 가득 채워졌다. 영화 「이터널 선샤인」의 장면도 붙어 있고, 친구들의 사진도 붙어 있다. 아기 은행잎이 비닐에 싸여 보관되어 있는 페이지도 있다. 영광스럽게도, 내가 쓴 『퇴사는 여행』 표지와 문장들도 곳곳에 담겨 있다. 해찬 님 일기의 맨 위에는 언제나 체크리스트가 들어간다. 이불 개기, 물 한 컵 마시기, 꿈틀거리자. '꿈틀거리자'는 어느 날부터 추가되었는데, 이 말이 어찌나 해찬 님 같고 좋은지.

모험의 시작에는 늘 꿈틀거림이 있다. 나 역시 내가 원하는 내 모습을 그리며 막연하게 '꿈틀거리던' 시기가 있었다. 방법을 찾기 위해 끊임없이 시도하고 움직였고, 그 방황의 과정이 몇 권의 책이 되었다. 해찬 님의 꿈틀거림은 어떤 이야기를 낳을까. 기대하는 마음으로 지켜보고 싶다. 첫 만남부터 나의 팬을 자처하던 해찬 님이었지만, 글을 읽을수록 내가 그의 팬이 되었다는 걸 해찬 님은 알까? 언젠가 해찬 님이 이 책을 읽는다면, 아마 이 페이지를 읽는 내내 눈을 휘둥그레 뜨고 놀라겠지. 그 모습이 떠올라 자꾸만 웃음이 난다.

융플리 멤버들의 일기장은 단체 테라피 같은 효과를 낸다. 우리는 글을 나누며 서로를 보듬는다. 멤버들의 글을 통해 나를 점검하는 시간을 갖는다. 마음이 다친 날에는 누군가의 글을 연고 삼아 상처를 치유하고, 기쁜 날에는 모두 함께 폭죽을 터뜨린다.

세상에 마법이 존재한다면, 바로 이런 게 아닐까. 누군가에게 나의 이야기를 공유하고, 순수하게 서로를 이해하고 응원하려는 움직임과 시도들. 연결을 통해 때론 나를 넘어선 무언가를 이루는 자그마한 기적.

하루하루를 열심히 살아가고 있는 우리들. 모두 다 꽃
이다.

✖ 여름밤의 옥상에서

2021년 여름, 밑미가 성수동에 오픈한 공간 '밑미홈'에서 『독립은 여행』의 첫 북토크를 했다. 2층의 '위로하는 부엌'에서 북토크에 와준 분들과 맛있는 저녁을 먹고, 편안한 분위기에서 진행했다. 음감회 형식으로 『독립은 여행』의 플레이리스트를 함께 듣고, 계절별로 써 내려갔던 나의 이야기를 처음으로 사람들 앞에서 전했다.

이날의 하이라이트는 그다음 시간이었다. 나의 이야기가 끝난 뒤 우리는 단체로 옥상에 올라가 융플리 오프라인 버전을 함께 했다. 나는 이날을 위해 째깍째깍 시계소리가 나오는 8분짜리 연주 음악, 스위트 도브(Sweet Dove)의 「아이 원트 투 시 어 브리프 퓨처(I Want to See a Brief Future)」를 골랐다. 그리고 글감을 던졌다. 내 이야기를 들으러 와준 고마운 사람들에게 '시간을 돌린다면 나는'으로 시작하는 문장을 써보라고 주문했다.

글을 다 쓴 후에는 옆 사람과 글을 교환해 읽고 답글을 적게 했다. 융플리에서 서로 댓글을 다는 것을 오프라인에서 체험해보자는 의미였다. 차이점이 있다면 서로의 얼굴을 보고, 직접 손으로 글을 건네준다는 것.

그 밤의 공기를 생생하게 기억한다. 옥상에 모인 사람들은 자신의 글을 쓸 때보다 답글을 달아줄 때 더 정성을 쏟았다. 그 모습에 마음이 뭉클해졌다. 오늘 처음 만난 사이더라도, 모르는 사이더라도, 누군가의 진심에 공감하고, 위로하고, 응원해주고 싶은 마음. 그 예쁜 마음들이 눈으로 선명하게 보이는 밤이었다.

선선하게 바람이 불어오는 옥상 위에는 음악이 흐르고, 타인을 위해 자신의 마음을 꾹꾹 눌러쓰는 사람들의 모습이 보였다. 비가 온 뒤라서 그런지, 하늘이 맑았다. 높이 솟아오른 아파트 사이로 주미 님이 좋아하는 달이 밝게 빛나고 있었다.

그날 밤의 여운은 참으로 오래갔다. 행사를 마무리하고 집으로 돌아올 때도 알고 있었다. 오늘 밤, 옥상에서 함께 보낸 시간은 아주 오래도록 내 마음속에 남으리란 걸.

그날의 음악과 장면과 공기를 오랫동안 내 몸이 기억하리란 걸.

다음 날 아침, 잠에서 깨자 시간 여행을 하고 온 것 같았다. 시공간이 그리 중요해지지 않는, 언젠가 내게 소중한 기억으로 남을 하나의 장면 속으로. 북토크에 참석했던 주미 님은 이런 글을 남겨줬다.

북토크 중에도 한 마디 한 마디 내적인 대화를 나누는 듯한 기분이 (혼자서나마) 들어서 좋았지만, 백미는 역시 옥상에서의 시간. 하나하나 설명하듯 기록하기보다 그냥 그때의 분위기와 오고 가는 마음들을 온몸으로 감각하고 기억해 두고 싶다.

잠시 내 이야기를 끄적이던 시간. 그보다 더 많은 고민과 시간을 들여 모르는 이의 글에 답변을 남기던 시간. 꼬박꼬박 눌러 담은 정확한 칭찬과 응원의 말들. 나의 가장 맑고 선한 부분을 타인에게 전하려던 마음들. 비가 갠 직후의 선선한 밤공기. 그리고 이 음악.

'꼬박꼬박 눌러 담은 정확한 칭찬과 응원의 말들. 나의 가장 맑고 선한 부분을 타인에게 전하려던 마음들.' 이 문장을 얼마나 여러 번 다시 읽었는지 모른다. 내가 융플리와 사랑에 빠진 이유가 정확하게 표현되어 있었다. 융플리를 소개할 때면 주미 님의 말을 인용하곤 한다.

평소 옥상을 사랑해서 스스로를 '옥상 러버'라 부르며 인스타그램 계정(@theroofday)에 옥상 그림을 그려 올리는 다연 님은 이런 글을 남겨줬다. 달빛이 쏟아지는 옥상 그림과 함께.

돌아가는 초침 소리. 적당히 부는 바람. 도시 야경과 어우러진 무성한 나무. 적절한 노래 덕분인지 정말 시간 여행을 하고 온 느낌이다.

사실 북토크의 문을 연 「변하지 않는 것」을 다 같이 들을 때부터 기분이 몽글몽글했다. 일방적인 강연의 북토크가 아닌 다 같이 리추얼 하는 느낌. 솔직하게 마음을 공유하는 혜윤 님은 정말 멋지다. 사람을 무장 해제시키는 용기 있는 사람. 정말 쓰셨던 표현처럼 약하기에 강한 사람! 먼저 융 님이 깊은 곳을 꺼내주신 덕분에 옥상에서 노래를 듣고 리

그 초여름밤의 옥상 – 이다연

추얼 할 때 진심의 마음으로 더 임했던 것 같다.

얼굴도 이름도 모르는 사이라 하더라도 자신의 진심을 털어놓은 종이를 건네주니, 나 또한 진심으로 공감하고, 위로하려 꾹꾹 눌러썼던 것 같다. 참 아이러니하다. 몇 년 된 친구에게도 요즘 말하지 못한 내 깊은 곳을 털어놓게 하는 밑미의 힘. 뭘까. 왜일까. 좀 더 고찰해봐야겠다.

누군가에게 '공감'하는 마음은 인간이 가진 가장 아름다운 감정이다. 내가 직접 겪지도 않은 일에 함께 아파해주는 것. 기뻐해주는 것. 누군가의 마음에 나의 마음을 포개고 감싸 안아주는 것. 나의 약한 면을 솔직하게 꺼내는 것이 누군가에겐 용기가 된다는 게 새삼 신기할 때가 있다.

나이가 들수록 이런 말들을 더 자주 듣고 살았다. 사람을 너무 쉽게 믿으면 안 된다고. 아직 어려서 뭘 몰라서 그런다고. 하지만 나의 진심을 보여주었을 때 일어나는 일은 세상이 경고하는 것과는 정반대인 경우가 많았다. 세상에는 악한 사람보다 선한 사람이 더 많다. 내가 옳다고 믿는 일에 뚝심 있게 목소리를 내면 조용히 옆으로 다가와 손을 잡아주는 사람들은 꼭 있었다. 나의 슬픔에 공감하려 노력하는 누군가를 볼 때 나는 그 모습 자체에서 큰 위로를 받는다. 그리고 마음을 굳게 먹는다. 내가 아끼는 사람이 손을 내미는 순간에는 하던 일을 잠시 멈추고 그 사람의 마음속으로 들어가 상대의 시선과 감정을 내 것처럼 상상해보자고. 그리고 그냥 말없이 손을 잡고 곁에 있어주자고. 공감은 인간을 인간답게 만드는 귀하고 아름다운 감정이다.

세상은 '선하다'라고 하면 재미없는 것, 약한 것으로 착각하곤 한다. 사실은 그 반대다. 선한 마음은 훨씬 더 강한 마음을 필요로 한다. 누군가에게 피해를 주는 것을 나몰라라 한다면, 나만 생각하면 되기 때문에 결정이 편하고 쉽다. 내가 옳다고 믿는 것에 따라 행동하려면 뚝심이 필요하다. 어려운 상황에서도 이 마음에 따라 행동하는 누군가가 보일 때 존경심이 들었다. 나이가 들어도, 돈을 아무리 많이 벌어도, 내게 무슨 일이 생긴다 해도 선한 마음을 잃고 싶지 않다. 그러기 위해 계속해서 마음의 근육을 키우며 단련시킬 것이다.

옥상 위에서 모두가 같은 음악을 듣고 글을 썼던 그 밤에, 나는 이런 글을 썼다.

시간을 돌린다면 나는 매일 울며 힘들어하던 그때의 나에

게로 돌아가 괜찮다고, 아주 잘하고 있다고 토닥여주고 싶
다. 슬퍼할 수 있을 때 실컷, 마음껏 슬퍼해야 한다고. 지금
의 네가 슬픔을 건너뛰지 않은 덕분에 미래의 너는 더 이상
슬프지 않다고. 하루하루를 아주 신나게 보내고 있다고.

심지어는 책도 쓰고, 그 경험을 또 다른 사람들과 나누게
되며 네가 그렇게 원하고 바라던 용기를 다른 사람들과도
나눌 수 있게 된다고.

과거에 슬펐던 나 덕분에 지금의 나는 이곳에 있다. 지금
을, 오늘을, 일상의 무던함과 소중함을 다시 한번 생각해보
게 하는 하루. 나에게도, 모두에게도 고마운 날이다.

『독립은 여행』을 쓰고 나면 인생의 챕터 하나를 완전
히 마무리하는 기분이 들 것 같았다. 첫 북토크를 마무리하
고 '시간을 돌린다면 나는'이라는 글자와 맞닥뜨리자, 예기
치 못했던 갑작스러운 삶의 변화에 많이 힘들어하던 과거
의 내 모습이 떠올랐다. 매일 울던 그때의 나를 위로하고
싶었다. 슬픔의 시기를 지날 때는 마음껏 슬퍼해야 한다는
걸, 그 덕분에 빠르고 건강하게 다시 웃을 수 있었다는 걸

그 시기를 극복하고 나니 알게 되었다.

앞으로도 나의 일상에는 기쁜 일, 슬픈 일, 속상한 일, 신나는 일이 다양하게 펼쳐질 것이다. 어떤 순간에도 내가 좋아하는 내 모습을 유지해나가고 싶다. 도움이 필요할 때는 누군가에게 기대기도 하면서. 내 마음을 들여다보는 연습을 게을리하지 않으면서. 의기소침해졌다가도 주기적으로 나를 다시 일으키고 토닥이고 용기 내기를 반복하면서 내가 원하는 방향과 균형을 잡아간다. 융플리가 매일 그 시간을 만들어주고 있다.

내가 즐겨 보는 유튜브 채널 '마세슾(My safe space)'에서는 "우리 모두에게는 자신의 안전 공간이 필요하다"고 말한다. 내게는 혼자만의 쉼을 충전하는 융지트라는 물리적인 공간도 있지만 언제 어디서든 따뜻한 사람들과 연결이 되는 융플리라는 가상공간도 있다. 음악과 이야기, 온기가 가득한 이 시간과 공간 안에서 나는 완벽하게 안전하다.

좋아하는 음악과 좋은 사람들에게 둘러싸여 사랑받고 있구나.

음악은 여행

우리 삶에 음악이 없다면 어땠을까? 생각만으로도 시무룩해진다. 나는 분명 덜 웃었을 것이다. 음악이 없는 세상은 우리가 사는 세상보다 건조하고 무채색일 것만 같다. 기쁨을 배가시키고, 슬픔을 위로하는 음악이 없었다면 서로에게 더 날카롭고 예민하게 굴지 않았을까. 나라면 들을 노래가 없어도 소중한 순간이면 어떻게든 허밍을 하거나 노래를 만들어 불렀을 것 같아서, 음악 없는 세상이 잘 상상되지 않는다. 모든 소리를 음소거해도 쿵쾅 뛰는 심장 소리도 하나의 리듬이고, 자연의 소리에도 높낮이가 있는데. 노래도 없고, 춤도 없고, 리듬도 없는 세상이라니. 자연스럽지 않다. 그런 세상이 가능하기는 할까?

흔히들 책을 쓰는 과정을 고통에 비유하곤 한다. 글 쓰는 어려움에 공감하지 못하는 것은 아니지만, 이 글을 쓰는 동안 내가 가장 크게 느낀 감정은 즐거움이었다. 좋아하는 것을 주제로 글을 쓴다는 것은 이런 느낌이구나 싶었다. 사랑에 빠지면 구체적으로 묘사하게 된다고 했던가. 바쁜 와중에도 내가 음악을 왜 좋아하는지 세세히 들여다보고 또렷하게 낚아채는 과정은 사랑의 대상에게 기나긴 러브레터를 쓰는 것 같았다. 나는 너를 이만큼이나 좋아한다고.

아침에 일어나자마자 노트를 펴 글을 쓸 때도, 하루 일과를 마치고 책상 위에 노란 불을 켠 채 글을 쓸 때도, 나는 어딘가 조금 들떠 있었다. 오늘은 또 어떤 기억을 꺼내볼까. 글 쓰는 시간이 기다려질 정도였다. 외려 다른 일에 밀려서 그 시간을 원하는 만큼 빠르게 내지 못하는 것이 괴로웠다. 이전 책에는 울면서 쓴 글도 많았는데, 이 책에는 신나게 써 내려간 글이 많다.

혜윤아, 너는 음악이 왜 좋아? 스스로에게 묻는 과정에서 과거의 여러 혜윤이들이 답을 건넸다. 이거 기억나? 너 음악이랑 이런 기억도 있잖아. 이 순간에 너는 순수한 행복을 느꼈었지. 네가 처음으로 눈물을 흘렸던 음악 기억해? 이 음악은 누구 때문에 좋아하게 됐잖아. 그 공연 장난 아니었지.

끝없이 이어지는 기억의 향연 속에서 나는 다양한 모습으로 행복해하거나 위로를 받고 있었다. 음악이라는 세계 안에서 참 부지런히 움직였다. 멋지고 재밌는 사람들과 열심히도 놀았다. 그 기억들이 두고두고 남을 거란 건 그때도 알고 있었다. 나는 시험에서 1등을 하는 것보다도 소중한 사람들과 쌓는 추억에서 더 큰 기쁨을 느끼는 사람이란 걸 예전부터 알고 있었다.

이 책에 실린 글은 아주 오래전에 써둔 글과 최근에 쓴 글의 조합이다. 책을 쓰기 위해 오래된 일기장을 펼쳐 과거의 내가 써둔 글들을 다시 읽었다. 음악과 관련된 글을 찾는 것은 쉬운 일이었다. 친구들과 신나게 놀았든, 악기를 연주했든, 공연을 봤든, 음지트에서 혼자만의 시간을 즐겼든, 단 하루도 음악을 듣지 않은 날이 없다. 음악을 사랑하는 이유를 얼렁뚱땅 넘어가지 않고 천천히 곱씹어보는 것은 내 과거로의 여행이었다. 어린 나를 다시 만나고, 어쩌면 앞으로 일어날 내 미래의 어떤 날에도 다녀왔다. 음악을 듣는 동안 떠오르는 장면들을 다시금 다채로운 색을 입혀 상상해보았다.

러브 유어 셀프(Love yourself). 자신을 사랑하자는 말이 유행처럼 들려온다. 반갑고 좋은 말인데, 참 생각만큼 쉽지는 않다. 나와 잘 지내다가도, 나의 어떤 면들이 못나 보여서 밉고, 스스로가 실망스러운 날들도 찾아온다. 선한 마음은 강한 마음을 필요로 한다고 썼지만, 나를 사랑해주고, 내가 좋아하는 내 모습을 지키고 만들어가는 데도 굳건한 마음과 용기가 필요하다.

넘어지고, 부서지고, 다시 일어나 도전하는 과정을 반복하며 '나'라는 사람을 여전히 알아가고 있다. 그 과정에서 내면 깊게 뿌리를 내리고 단단해질 수 있었던 것은 내게 음악과 기록이란 든든한 도구가 있었기 때문이다. 어디로 가야 할지 몰라 불안해하고 방황하는 동안에도 음악을 들으며 내가 나를 위로했다. 웃고 떠들고 노래하고 춤추는 순간의 재미를 놓치지 않았다. 글을 쓰는 동안 나와 대화를 나누며 나를 아껴주는 방법을 배웠다.

내가 나를 잘 몰라 힘없이 흔들릴 때부터 나 자신과 친해지며 단단해지기까지 음악은 늘 나의 곁에 있었다. 많이 울고, 웃고, 나를 미워하기도 했다가 다시 사랑하기까지의 과정은 때마다 내가 들었던 여러 음악에 새겨졌다. 그 시간들 속에서 어린 정혜윤은 지금의 정혜윤으로 자랐다. 감정에 솔직해지고, 내게 소중한 가치들을 당당하게 수호하며 나를 지키는 방법을 배웠다.

내가 쓴 글을 쭉 훑은 뒤에는, 융플리 멤버들이 나눠준 글 몇 달 치를 다시 읽었다. 이 과정에서 나의 또 다른 여행이 시작되었다. 나의 기억이 아닌 다른 누군가의 장면 속으로 떠났다. 타인이 선곡한 음악을 틀고, 타인의 시선으로 세상을 바라보며 우리는 느슨하게 연결된 채로 따로 또 같이 서로를 보듬고 응원한다.

처음에는 잘 알지 못했던 누군가의 일기장을 매일매일 읽었다. 날이 흐를수록 일기장 속 주인공을 알아가며 정이 들었다. 그 매일이 1년이 되어가며 진리라고 불러도 어색하지 않을 다음 문장이 마음속에 스며들었다. 손때 묻은 일기장 속 자신의 이야기를 쓰는 모두가 삶의 주인공이었다. 저마다의 삶의 단편에는 그 사람만이 할 수 있는, 세상에 단 하나뿐인 이야기가 있었다.

영화도, 소설도 인생을 특정 방식으로 재현하고 재조명할 뿐이다. 잔잔한 일상은 잔잔해서 좋았고, 감정의 폭이 넓은 사건은 내게 그만큼의 임팩트를 남겼다. 매분 매초, 살아 있어서 느끼는 감각과 감정. 살아 있기 때문에 우리는 울고 웃는다. 인생은 일상적이라 해도, 내 삶의 주인공인 나 자신에게는 한순간도 편집되지 않은 살아 있는 시간과 장면의 연속이다.

음악은 시간에 새겨진 예술이다. 시간이 없으면 음악도 없다. 시간이 흘러야만 존재할 수 있는 음악은 유한함 속을 살아가는 우리에게 주어진 선물 같다. 과거의 누군가 혹은 동시대를 살아가는 누군가가 우주적인 언어로 건네는 선물. 가볍지만 깊고, 작지만 커다란 선물.

시간의 거대한 물줄기 속에 사는 작은 존재인 우리는 흘러가는 시간에 각자의 음표를 찍으며 살고 있다. 즉흥연주를 하는 재즈 음악가처럼, 자신의 템포에 맞춰 각자에게 의미 있고 독특한 형태로 인생을 만들어나간다. 알레그로. 빠르게 쳤다가. 아다지오. 침착하게 느리게 쳤다가. 파쇼나토. 열정적으로 치기도 하고. 비바체. 발랄하게 빠르게 치기도 한다. 때로는 몇 마디의 긴 쉼표를 찍는다. 모두 나름의 우여곡절을 겪으면서 자기 속도와 방향을 알아간다. 자신에게 실망하기도 했다가 반성하고 토닥이고 다시 다짐하기를 반복하면서 삶의 균형을 잡아간다. 이 곡의 지휘자이자 연주자는 우리 자신이다.

세상에 고정되어 있는 것은 없다. 모든 것은 결국 흘러간다. 아무리 좋은 결과라도, 실패처럼 여겨졌던 일도, 붙잡을 새 없이 흘러가버린다. 좋은 일이 아픈 기억이 되기도 하고, 당시에는 안 좋았던 일이 지나고 보니 인생을 더 좋은 방향으로 흘러가게 만든 사건이 되기도 한다.

그럼에도 미래를 알지 못하는 우리는 상실을 겪을 때마다 슬퍼하고 아파한다. 그 과정을 하루하루 겪으며 살아가는 우리들에게 경이로움과 동질감을 동시에 느낀다. 세상을 다녀간 사람 수만큼, 아니 그보다 몇 배로 더 많은 음악과 이야기. 시간에 소리와 목소리로 새겨진 음악이라는 기록은 우리에게 말로 표현되는 언어 이상의 감정을 전달하고 또 위로한다.

깊게 아파하고 슬퍼해본 뒤에 일상의 무탈함이 얼마나 소중하고 아름다운 것인지, 매일 음악을 듣고 글을 한 편씩 적어 내려가며 알게 되었다. 슬퍼하는 시간도 내게 꼭 필요한 것이었음을 서서히 깨달았다. 「인사이드 아웃」에서 슬픔이와 기쁨이가 섞이던 것처럼, 여러 개의 상반된 감정을 동시에 알아차린다. 나의 현재를 받아들이고 고요히 앞으로 나아갈 힘을 내게 부여한다. 별일이 없으면 별일이 없어서 좋다. 그 안에서도 얼마든지 작은 즐거움을 찾을 수 있다.

목표보다는 과정 자체를 중요시하게 되며, 삶도 꿈도 동사로 채우자는 생각을 하게 됐다. 더 이상 어떤 상황이 '이래야 한다'는 생각을 잘 하지 않는다. 날씨가 좋으면 좋은 대로, 안 좋으면 안 좋은 대로 내 나름의 즐거움을 찾을 수 있다. 상황이 나를 만드는 것이 아니라 내가 상황에 따른 내 태도와 행동을 선택하며 매일을 더 주체적으로 만들어나간다.

마케터나 작가를 꿈꾸었던 20대 시절에도 내 마음을 더 깊숙이 들여다보면, 이야기를 전하는 사람이 되고 싶다는 갈망이 자리 잡고 있었다. 내가 가진 것을 나누며 좋은 영향을 주는 사람이 되고 싶었다. 동사란 '움직임'을 나타내는 품사. 마케터나 작가처럼 명사나 단어로 꿈을 꾸면 그 일을 이뤘을 때 꿈이 끝나버리지만, 동사와 문장으로 꿈을 꾸면 내가 원하던 모습을 이룬 이후에도 계속해서 꿈꿀 수 있다. 이야기를 전하는 사람. 좋은 영향을 주는 사람. 완성형이 아닌 현재진행형인 것도 마음에 든다. 끝을 향해 달려가는 목표가 아니라, 마음만 먹으면 지금 당장이라도 이룰 수 있는 과정을 담고 있어서 좋다.

일상을 동사로 채우자 삶에는 멋진 형용사들이 따라 붙었다. 없던 것이 생겨난 게 아니라, 다만 나를 둘러싸고 있던 가지각색의 아름다움을 알아볼 수 있는 눈이 길러졌을 뿐이다.

그런 의미에서 지금의 나는 과거의 내가 꿈꿨던 일상을 살고 있다. 내 안의 선한 마음을 나눌 수 있는 삶. 다른 이의 시선이 머물렀던 자리에 공감하고, 반짝임을 포착해 재조명할 수 있는 삶. 나의 이야기에 용기를 얻었다는 말이 내게 얼마나 깊은 감동으로 다가오는지 그 말을 건네는 사람들에게 다시 전해주고 싶다.

나는 매일 네 가지 일을 수행하며 마음을 보살피는 시간을 갖는다. 나를 사랑해주는 방법을 잘 모르겠다면, 아래 네 가지 일을 시도해보기를 추천한다. 리추얼은 나를 돌이켜볼 시간을 확보하고, 나를 감싸는 다정한 공간처럼 작용한다.

- 나를 기분 좋게 만드는 음악 듣기
- 글을 쓰면서 나 자신과 대화하기
- 누군가의 글을 읽으며 내게 말 걸어오는 문장 찾기
- 아끼는 사람에게 따뜻한 말 한마디 건네기

관찰자의 시선으로 누군가의 일상의 조각에서 작은 울림을 발견할 때면, 각자 가지고 있는 게 얼마나 멋진지 알려주고 싶다. 우리가 조금 더 나를 사랑해줄 용기를 냈으면 좋겠다. 내가 아끼는 사람을 응원하듯이, 스스로를 칭찬하고 응원해주자. 소중한 사람을 대하듯이 나 자신을 대하는 것이다. 나를 사랑해주는 것은 내가 사랑하는 사람들을 위한 일이기도 하다. 아끼는 사람이 잘 지냈으면 하는 마음, 그 마음을 스스로에게도 주면 좋겠다. 남을 사랑하기 위해서 나를 먼저 사랑해주자고 다짐한다. 나를 챙기는 일은 나를 사랑하는 사람을 챙기는 일과 같다.

　　그러니 자신을 너무 몰아붙이거나 자책하지 말고, 조금은 자신에게 관대해지면 좋겠다. 힘들면 조금 쉬어 가도 괜찮다. 힘들다는 것은 위험을 알리는 마음의 신호이고, 거기엔 그럴 만한 이유가 있게 마련이다. 늘 어떤 일을 하고 있어야만 무언가가 될 수 있는 건 아니다. 음악에도 쉼표가 필요하듯이, 다음 악장으로 넘어가기 위해 숨을 고르는 시간이 필요하다. 소리가 없는 몇 마디는 그 여백 자체가 한 편의 음악이 된다. 공백 끝에 찍는 하나의 음은 이전보다 더 깊고 또렷한 소리를 낸다.

　　하루 24시간 중 나를 위해 확보해둔 몇 분 안 되는 시간들이 이렇게나 내 마음의 건강을 보살피게 될 줄 누가 알았을까. 손과 발을 계속 움직이면서 취하는 휴식도 있다는 걸 융플리 덕분에 매일 체감하고 있다. 내가 가진 에너지를 나누고, 더 큰 에너지를 받는다. 지칠 만한 상황에서도 힘을 내도록 동력을 제공해준다.

음악 앞에서 세계가 하나 되던 순간들이 그립고, 마스크 없이 모두가 행복한 얼굴로 무대 앞에서 부대끼던 순간들이 그립다. 하지만 언제나 그렇듯 우리는 이런 상황 속에서도 포기하지 않고 방법을 찾아내고야 만다. 온라인 공간에서 모이는 융플리도, 어찌 보면 팬데믹 시대였기 때문에 가능한 일이 아니었을까.

좋아하는 사람의 무대 앞에서 마음 놓고 서로를 부둥켜안고 노래하고 춤출 순간들을 손꼽아 기다리며, 나는 오늘도 음악을 듣고 일기를 쓴다. 멤버들의 음악과 이야기에 감탄하고, 플레이리스트를 틀어둔 채 산책하거나 자전거 타는 순간을 즐긴다.

미래를 알 수 없다고 하지만, 내가 확신하는 미래는 있다. 미래의 나는 어떤 형태로든 계속해서 음악을 즐기고 있을 것이고, 글을 쓰고 있을 것이다. 내가 가진 에너지를 누군가와 나누며 감동받고 울고 웃기를 반복하고 있을 것이다. 내면에 나아갈 방향을 가리키는 나침반을 두고 있어 이전만큼 두렵거나 불안하지 않다.

음악을 사랑하는 마음을 한 권의 책에 담아낼 수 있어 기쁘다. 길을 잃어도 음악을 놓지 않는 한 언제든 다시 길을 찾을 수 있으리라 믿는다. 음악은 삶의 즐거움, 기쁨, 희망, 공감, 연결, 평화, 영혼, 위로와 같은 다정한 단어들과 직결되는 마법 같은 힘을 가지고 있으니까.

당신의 마음을 어루만지는 음악이 필요한 순간에 당신 곁을 지켜주길 바란다. 단순한 기쁨을 주는 음악, 나를 위로하는 음악 몇 곡쯤 마음 한구석에서 언제든 꺼내볼 수 있기를 바란다.

음악이 흐르는 짧은 순간만이라도 나를 위한 시간을 가졌으면 하는 마음으로. 머릿속으로 나를 위한 여행을 떠났으면 하는 마음으로. 나를 알아가는 데 도움을 준 음악에게 고맙고 또 고마운 마음으로. 나의 기나긴 러브레터를 마친다.

어떤 순간이 와도 우리의 삶에 음악이 끊기지 않기를.

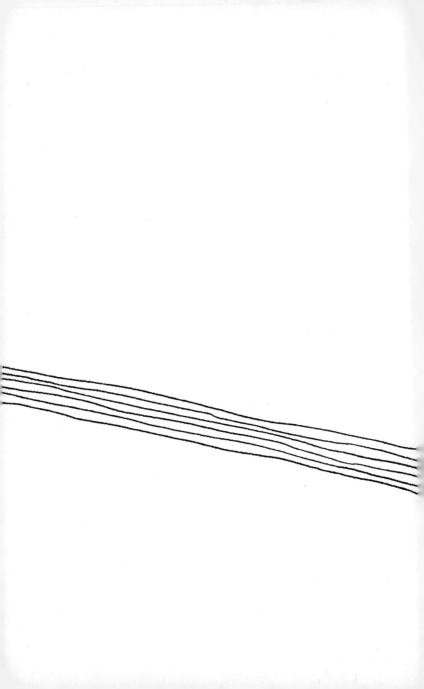

음악을 좋아하는 마음 덕분에 제게
열렸던 수많은 세계를 나눌 수 있어
기쁩니다. 책 속의 음악과 이야기가
따뜻한 에너지로 전해진다면
좋겠습니다 ☺

2021년 12월 , 정혜윤

오늘도 리추얼:
음악, 나에게 선물하는 시간

초판 1쇄 인쇄 2021년 11월 11일 **초판 1쇄 발행** 2021년 12월 1일

지은이 정혜윤
펴낸이 이승현

편집2 본부장 박태근
편집 이승현·김소연
일러스트레이션 이강훈
디자인 이세호

펴낸곳 ㈜위즈덤하우스 **출판등록** 2000년 5월 23일 제13-1071호
주소 서울특별시 마포구 양화로 19 합정오피스빌딩 17층
전화 02) 2179-5600 **홈페이지** www.wisdomhouse.co.kr

ⓒ 정혜윤, 2021

ISBN 979-11-6812-074-7 04810
      979-11-6812-073-0 (세트)